U1073638

铁葫芦 | 文艺馆

铁葫芦

阮义忠的微博生活2

一步一天地

阮义忠

——

著

九州出版社
JIUZHOUPRESS

序

写微博才两年多，整个平台就变了，许多朋友不爱写微博了，粉丝们也较少互动。但我已把微博当日记，随时记录生活点滴与乍现的灵光，且依旧以发第一则微博的态度，认认真真、坦坦白白地写下140字。

微博的特性就是生命短暂，前一则立刻被后一则盖住，跟写文章不太一样。文章是写得越多，自己的心灵世界就会被描述得越具体，旧的替新的铺底，新的又使旧的更丰富而深刻。微博却刚好相反，新的一再取代旧的，仿佛在沙滩走路，每一步都被潮水卷没，就像从来没存在过。因此，将微博整理出书实在是太有必要了。

很高兴继《一日一世界》之后，我的第二本微博书《一步一天地》又能以纸本形式出版。尽管网络信息铺天盖地，但我深信纸本才是长存之物。“物”是极其珍贵的，实实在在、有形状、可触摸、有温度。人也是物种，而且之所以能够存活，全有赖他物。

内人常觉得奇怪，为什么相同的事我可以干上几百遍仍乐此不疲，类似的景象看个几十次也依然感到新鲜有趣。我的确甘于重复的生活节奏，而且一向把兴趣、工作、生活都混在一起。看似一成不变的事物我屡有新发现，更何况，在老东西上体会新意义是从小的习惯，也是自我教育的方式。

我时常身在方寸之间，心却遨游世界。宅在家里也能度假，在小区漫步，乘火车、搭飞机去异国他乡，那就更不用说了。心态才是最重要的，若是到哪儿心门都关着，等于没出门。

编辑这本书时，我把焦点集中在旅行上，有短途漫步、有长途探索，有身体的旅行，也有心灵的旅行。此外，我也特地挑选了一些早期的绘画，让关心我的朋友也能从另外一个角度来了解我。在拿起相机之前我是画画的，但很少人看过我一二十岁时为杂志、图书所作的插图。我的摄影风格绝对跟绘画经验有关，如果没有那些美术训练，作品构图不会这么利落。

我又特别惜物，很多老东西都舍不得丢，因为每一件看似平凡的背后都有故事，都有令我难忘的回忆。在整理这些珍藏时，一件件往事再度浮上心头。这不是玩物丧志，只因惜情，所以爱物！

在这本书中，我踏了很多步，身的旅行是一步一脚印，心的旅行是一步一天地。

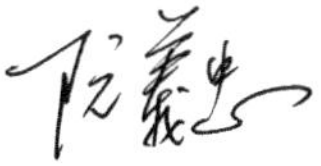

目录

Contents

京都一周

旅行走到哪儿算哪儿，不宜跟团也不宜赶路，让自己迷路再走回的乐趣最大。

内人在网上订的旅馆很好，就在京都地铁绿线的五条站1号出口。房间内有小厨房可用，电磁炉、烤面包机、微波炉、冰箱、锅碗瓢盆、菜刀等一应俱全，加上自带的胶囊咖啡机，这一周的假期甚是惬意，像是临时的家。而且附近就有超市，我们采购了不少食材，内人正在下厨。乌丸的Citadines公寓旅馆真好！

2月23日　16：44

昨天傍晚在旅馆附近溜达，处处都是老巷弄及古庙宇，也许不是旅游季，没什么游客，特别清幽。佛光寺杳无一人，只有一群鸽子飞过来落过去，偶尔有几只跑来净水台饮水，我等着看有没有以喙接龙口的镜头，望远的特写都失败了，因为自动对焦会对准亮部的石子路面，前景反而失焦。这张小广角画面差强人意。

2月24日　07：14

内人与儿子在超市里排队结账，我在外头东张西望，一位年轻父亲推着婴儿车，也是在等待买菜的妻子。一位骑脚踏车的老者经过，特地停下来跟他寒暄。我虽然一句也听不懂，可是看表情就知道，他们在互道彼此家人的近安。这就是我最爱拍的画面，平凡人物的人间真情。这样的场景让我觉得，此地并不陌生。

2月24日　07：27

早上一出旅馆便拐错方向，意外来到兴正寺，远远就看到寺内有株盛开的大樱花树，大部分樱花都谢了，它却依然挺立。30年前来京都是冲着世界文化遗产的清水寺及三十三间堂，没想到小寺道气更足，因为无人打扰。这位女士也是被樱花吸引来的，赏了一下花，掉头就走了。我们一家三口独享这座庙超过一个钟头。

2月24日　19：58

京都的三十三间堂是游客必到之处，堂内禁止摄影，千手观音主神、风神、雷神、罗汉、尊者及一千零一座观音雕像等都只能用心看，努力记在脑中。但最吸引我的不是神，反而是两尊凡人：一是双手合十、表情悲苦却坚定虔诚的妇人，名为“摩合罗女”，另一尊造型类似中国古画中常见的钓鱼老翁，名为“婆薮仙人”。

2月24日　20：22

相隔30年再来清水寺，惋惜之情大于一切。首次来就像是走入唐朝盛世的伟大殿堂，这回人比从前多数十倍，又正在整修，一半以上的建筑都被鹰架与帆布盖住。每个景点都需要门票收入以支持古迹维护，可是人潮一来，原有的况味就被稀释了，真是两难。是不是世上所有的古迹都会愈来愈像游乐场所？令人担心。

2月24日　20：45

Citadines Apart’Hotel真不错，要去京都所有古迹，走路便到。昨天在清水寺附近用过晚餐后，散步回来才知有多近，内人直说下次再来还住这里，并决定每年全家出游一回，儿子成家后，媳妇、孙子同行。今天又将漫步，方向由儿子拿主意，走到哪儿算哪儿，旅行不宜跟团也不宜赶路，让自己迷路再走回的乐趣最大。

2月25日　06：41

祇园的八坂神社及花见小路都无法让我停下脚步，只是走进走出而已，倒是一对穿着长呢大衣的老夫妻行姿优雅，双臂互勾，肩头时靠时离，吸引了我的注意。我一路跟随，想捕捉两个人的恩爱，理想构图是在跨入建仁寺时按快门。没想到他们往左一拐，进了一个非常普通、背景干扰的巷子。我放弃镜头，进入建仁寺。

2月26日　06：44

建仁寺外观并不气派，稍走了一下便想离去，却看到一个小亭子，墙面上有四个大字：“最初禅室”。读一下简介，才知这是京都最古老的禅寺，临济宗建仁寺的总寺院创设于1202年，寺内殿堂是模仿中国的百丈山修建。开山鼻祖荣西禅师两度入宋，将禅法带回日本进行传播，且因从中国带回茶种，被尊为“茶祖”。

2月26日　07：08

门票500日元，一进门，才沿回廊走了几步，就被这间斗室给镇住了。海北友松在桃山时代所绘的方丈隔扇画“云龙图”复制品，使整个冥想空间有如九霄云外，双龙在此腾云驾雾，让人感觉既是最静又是最动。中国笔墨的神髓完全保留在单薄的纸面上了，我站在那儿不忍离去，没想到自己是在日本更深入了中国。

2月26日　07：26

建仁寺的设计简单到极致，却包含了无限变化。纸门拉来拉去就可隔成大小不同的房间，完全敞开，室内就与室外互通。这种里就是外、外就是里的空间的确微妙，再加上光线、墙柱的投影、纸窗的亮度以及院中树影摇曳的时明时暗，能把任何浮躁的心都安抚下来。若不是这么冷，我真愿意在此寺任何角落坐到闭馆。

2月26日　07：37

庭院、回廊互相包围，我在其中曲曲折折地绕走，完全能体会小面积也能经营出大空间的道理。来到“方丈”室的回廊时，傍晚的光线从墙外潜入寺内，内人坐在廊上静思。我没打扰她，而此景也令我词穷了，只能用相机记录眼前所见。

2月26日　07：48

“方丈”室内的“竹林七贤图”，也是出身武士之家的海北派创始者海北友松所绘。同样的题材许多人都画过，但这几幅实在令人喜爱，用笔最简，却笔笔把每个人的形态与性情勾勒得传神无比。我年轻时喜爱绘画，如今站在大师画作面前也是缘分。今日一见勾起冲动，回台北得买副画具，再重新开始熟悉一下。

2月26日　08：11

素食者在日本旅行的确不便，精进料理店不多，每顿找餐厅会花太多时间，只好恳请店家尽量配合。昨天第一站是金阁寺，在京都车站搭205公交车，车程40分钟，到目的地已是午餐时间。干练的老板娘听到我们吃素，“哎呀呀呀呀”地叫了好长一串，最后好心地为我们变出了腌菜炒饭、红豆汤麻糬。简单又美味。

2月27日　06：57

金阁寺外围的艺品店、餐饮店不多，比起清水寺，商业气息可以说是淡多了。用餐的小店位于十字路口，一楼卖艺品，二楼摆上几张桌椅卖快餐。一面窗朝向京都著名的“五山送火”的“大文字山”，一面窗朝向金阁寺登山口。为招揽欧美游客，玻璃上贴着斗大的“COFFEE AND LUNCH”“Zip Cafe”，倒也相映成画。

2月27日　07：21

才到金阁寺山门就为之一喜，跟我30年前来时同样肃穆、安宁。盛名在外并没让它改变自己，园内的每棵树、每块草皮、每朵花不但充满生气还溢满灵气。在这里，每一口呼吸都好像是在与自然共吐纳。门票500日元，是到目前为止我最喜欢的，看起来就像平安符，甚至可以裱起来挂。还没入寺，就已经收到祝福了。

2月27日　07：37

相隔30年，此回来到金阁寺更让我感动。这跟年纪有关，初来时我刚满30岁，所有注意力都集中在艺术创作上，对自然生态比较冷感，不懂得欣赏植物强韧的生命力及其无法预料、不可想象的多姿美态。年过花甲的我终于体会到，寺内的任何建筑都在与不同树木的各种姿态对话，人造之美与自然之妙和谐共存着。

2月27日　08：17

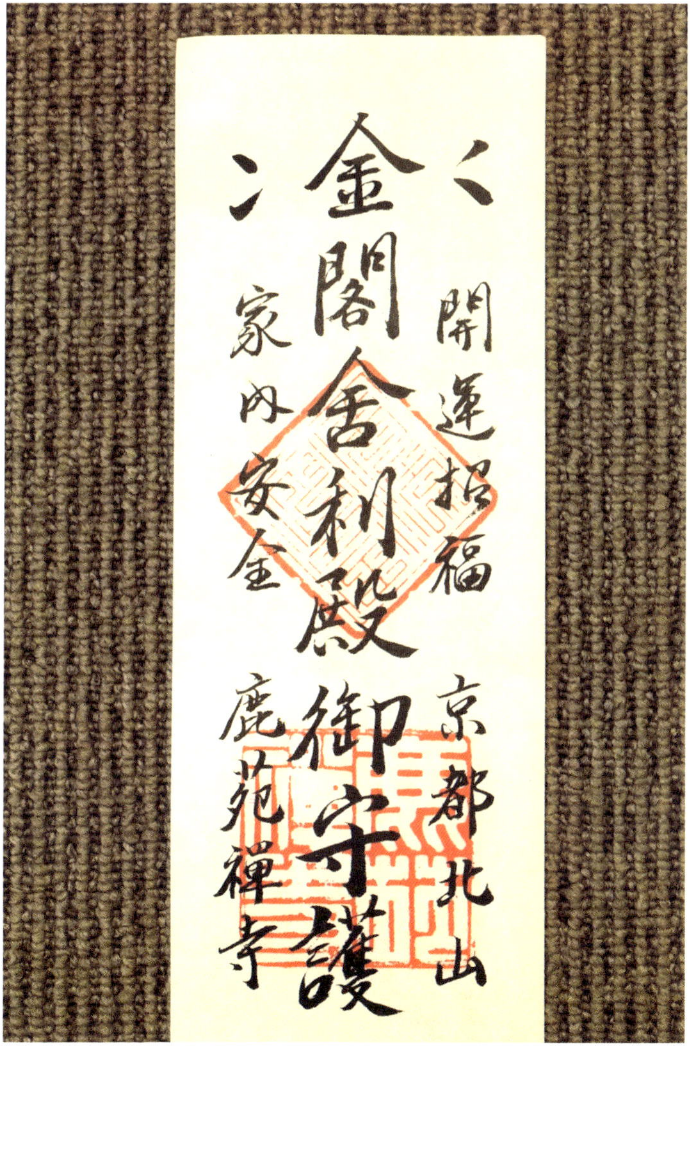
開運招福
京都北山
金閣舎利殿
御守護
家内安全
鹿苑禪寺

在金阁寺拍了十来张，没细看就选了第一张。经验告诉我，第一眼的印象是最强烈的，因为那是景物直慑人心的一刹那。儿子用手机拍了我在取景的镜头，画面只见我的双手高举相机，金阁寺在远方。真是张好照片！我告诉儿子，我的手会举那么高，是因为希望空间有点树影，而且高一点才能把完整的倒影映在如镜的湖面上。

2月27日　08：33

鹿苑寺于1994年被登记为世界文化遗产，历史最早可追溯到幕府将军足利义满于1397年建造的别墅。义满死后别墅被改为禅寺，并以其法号命名为鹿苑寺。因供奉释迦牟尼佛骨的舍利殿“金阁”最为有名，故又以金阁寺之名而为人所熟知。环湖可打量此殿的每个角度，可惜小相机不够望远，无法将屋顶的金凤凰拉得更近。

2月27日　08：56

鼎鼎大名的龙安寺石亭造景，早在许多摄影家作品中见过，可到了现场却让我大失所望。照片表现出的浩瀚全没了，只见还不及游泳池的面积里错落着几块石头，并以小石子铺成流水状，就是所谓充满禅机的枯山水了。访客一来就坐在廊上数石头。传说总共有15块，但任何人都只能数出14块，另一块到底在哪里？禅啊！

2月27日　09：14

龙安寺原为德大寺家别墅，1450年细川胜元将其改建成禅寺。曾一度被烧毁，1499年重建，1994年被列为世界文化遗产。石庭不借一树一草，仅由石头与白砂组成，四周有一圈用土砌成的矮墙，由混有菜籽油的土壤砌成，时间久了会慢慢从内不断产生油脂，形成独特美感。透过镜头的局部框图，的确处处可由小见大。

2月27日 09：33

谢谢@Charming Everyday的建议，今天前往银阁寺。此寺给人的感觉与金阁寺完全不同，前者阳刚开阔，后者阴柔细腻。初入园内会觉得情调处处，惊喜阵阵，但不久就开始有雕琢过度之感，大自然的每个部分几乎都被经营了，不给天成留点余地。就像是一幅画画得太满，没有留白。美是极美但极难拍照，献丑了。

2月27日　18：16

银阁寺也有一只凤凰，但久未擦拭已经变黑了。昨晚下了一场雨，太阳出来，把屋顶的水汽晒出阵阵白烟。木造细部并不精致，庭园却煞费心思，无论枯山水或活树木。此寺又称慈照寺，乃室町幕府第八代将军足利义政在1482年所建之别庄。本来要在外层贴银箔，却因发生应仁之乱，幕府元气大伤，无力实现这一计划。

2月27日　18：39

银阁寺给人的感觉就是有位古代宅男，足不出户地在家里摆东摆西，把整座山当成他的盆景。事实上也差不多，足利义政被称为日本史上最无政治才能的将军，应仁之乱的十年间，京都有百分之八十的房舍被焚，他却躲在这儿不问政事。但也有人认为日本文化的精髓，包括茶道、花道、能剧的发展都归功于他的醉心艺术。

2月27日　18：48

离开银阁寺时，竟有依依不舍之感，好像再留久一点，就能发掘到她更多的秘密，也许这就是银阁寺的魅力所在。进出山门的甬道，两排树木被修成围墙，自然与几何之美互相加分。游客比金阁寺多，其中不少是欧美人士，本地人则以年轻女性居多。商店街生意不很兴旺，店家未积极推销，反映了这一带居民的含蓄。

2月27日　19：09

出银阁寺过商店街后有条小运河，河畔步道便是著名的“哲学之道”。两旁有许多盛开将谢的茶花以及还未绽放的樱花树。据说樱花盛开时，此处有如樱花隧道，美不胜收，游客如织。还好我们现在来，人少才能享受幽静，并好整以暇地等待鸳鸯游过来。水虽浅，却清澈极了，鸳鸯戏水、鸭子划水都被看得一清二楚。

2月27日　19：23

“哲学之道”是从银阁寺桥到若王子桥之间的一段路，因知名哲学家西田几多郎（1870—1945）生前喜欢在此散步而得名。渠道两岸的居民真是太幸福了，虽是旅游景点，却能保持日常生活情调。两旁小店有传统茶室，也有西式咖啡馆，妇人们在此遛猫遛狗，小学老师带着孩子们野餐晒太阳。行走于此，灵感泉涌。

2月27日　19：48

Kyoto Maimu
locally crafted
bamboo goods
used kimono
from 1000 yen
T-shirts
stylish accessories
www.kyoto-maimu.com

“哲学之道”上的所有商店，只有这家吸引我上门，因其外观已充分显现它是一家极有个性的现代民间艺术品店。室外摆着两把好看的木椅，店门外铺着木板与石板，门窗开得落落大方。白墙灰瓦枯枝，无色无华，使木底金字的招牌更为夺目；店名也取得好，叫作“银意匠”。我与内人驻足窗前，被店员亲切招呼入内。

2月27日　20：06

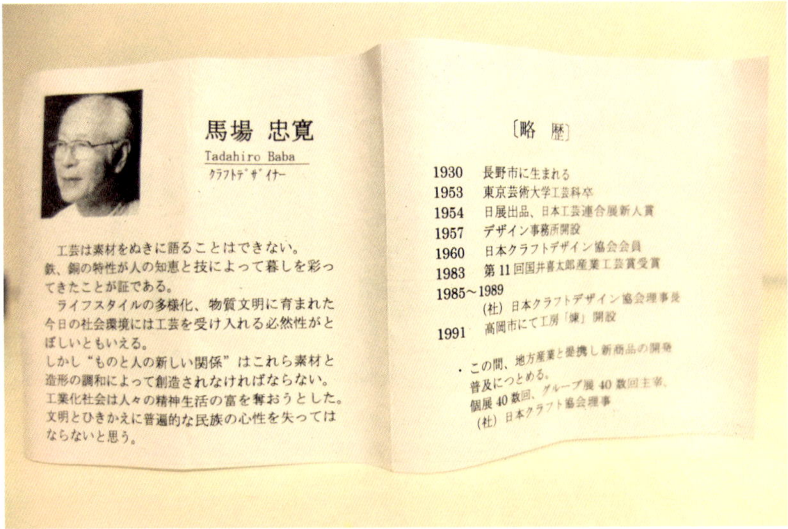
馬場 忠寛
Tadahiro Baba
クラフトデザイナー
工芸は素材をぬきに語ることはできない。
鉄、銅の特性が人の知恵と技によって暮しを彩ってきたことが証である。
ライフスタイルの多様化、物質文明に育まれた今日の社会環境には工芸を受け入れる必然性がとぼしいともいえる。
しかし“ものと人の新しい関係”はこれら素材と造形の調和によって創造されなければならない。
工業化社会は人々の精神生活の富を奪おうとした。
文明とひきかえに普遍的な民族の心性を失ってはならないと思う。
〔略 歴〕
1930 長野市に生まれる
1953 東京芸術大学工芸科卒
1954 日展出品、日本工芸連合展新人賞
1957 デザイン事務所開設
1960 日本クラフトデザイン協会会員
1983 第11回国井喜太郎産業工芸賞受賞
1985～1989
(社) 日本クラフトデザイン協会理事長
1991 高岡市にて工房「煉」開設
・この間、地方産業と提携し新商品の開発普及につとめる。
個展40数回、グループ展40数回主宰、
(社) 日本クラフト協会理事

“银意匠”虽然小小的，产品陈设却是相当考究的，让人觉得每样东西都是艺术品。当然，价格也不便宜。

2月27日　20：22

一问能刷卡， 我们就放心挑了几样当纪念品；家里又多了三件漂亮东西可用了。第一个是造型像布朗库西雕塑品“空中之鸟”的鞋拔子，插在四四方方的木块底座上。第二个是褐色的小鸟铸铁纸镇。第三个是黑色的兔子铸铁开罐器。回到旅馆打开包装，才知道我们买的是今年83岁的老工艺家马场忠宽的作品。那就不贵了。

2月27日　20：41

回答对我来日本旅行有意见的博友：发现别人的好，并非长他人之志，而是增自己之智，无论此人是谁。就算是仇人，难道就不是人吗？就算是敌国，也要设法化敌为友啊！若世代积怨，只会造孽，若能记取教训，更加善解、包容对方，终有一日能真正和平共处、互助。人类本一家，若不能互助，终将自我毁灭。

2月28日　05：41

今天内人提议去宇治看看“源氏物语”博物馆以及世界文化遗产平等寺。在京都火车站搭JR奈良线，20分钟就到了。宇治火车站小巧可爱，邮筒却比一般的大，茶坛造型提醒游客：高级抹茶为本地特产。车站正前方的十字路口立着《源氏物语》“宇治十帖”中的男女主角薰君与浮舟：两人的情爱关系正好亮起了红灯。

2月28日　17：38

ち宇治
宇治橋通商店街(振)

宇治的商街大多是茶店，抹茶味道我一向不爱，店家的热情招呼只有微笑以对。用餐又是颇费周章，既要价钱适中，又要厨师了解我们一家吃素。走到商店街的最后第二家，终于如愿。汤豆腐让儿子赞不绝口，米饭实在美味，可惜只有三分之一碗，炸蔬菜三小片，腌菜一口就没了。儿子说，没吃饱可以去吃抹茶冰激凌。

2月28日　18：04

宇治
茶
伊藤久右衛門
宇治茶
伊藤久右衛門
茶

平等院是日本保存最好的平安时期建筑，权倾一时的藤原道长晚年笃信净土，盖了这座佛寺。其中最具代表性的就是落成于1053年的凤凰堂，因屋宇两边有一对展翅待飞的凤凰而得名，是日本人非常熟悉的建筑，现在的10日元铜板图案就是它。凤凰堂虽然正在整修，2014年才会好，但凤翔馆及净土式庭园依然很有看头。

2月28日　19：03

京都平等院的凤翔馆，内部不能拍照，但展品实在慑心，只有到工艺品店买明信片拷贝数张跟大家分享。原始凤凰堂内部绚丽无比，设计理念是呈现西方极乐净土，堂内安置阿弥陀佛像，墙壁上则呈现着云中供养菩萨。一进入凤翔馆便是个甬道，尽头为格子窗后的金身佛像，再拐个弯便是那令人屏息的二十来座飞天菩萨。

2月28日　20：22

宇治“源氏物语”博物馆事实上什么历史文物也没有，一切都跟紫式部的笔下一样，完全是虚构的。但市政府把该书“宇治十帖”中的情节拍成人物动画、真人戏剧，再加上情境布置、蜡像模拟与声光效果，还真是味道十足。总之这是个无中生有的博物馆，巧思令人佩服。建筑盖在一个小公园里，如今已有150万访客。

3月1日　07：48

紫式部的雕像坐落在宇治桥头，前往“源氏物语”博物馆必先看到她。湍急的宇治川滔滔不绝，就像世间的爱恨情愁永无止息。一位罩着头巾的女子独坐川畔良久，不知心中是否也暗潮起伏。小小的宇治市整洁有序、清朗宁静，市区街道就像私人庭园般地被悉心照料，就是水沟盖也典雅美丽。再见，宇治；再见，京都！

3月1日　08：03

大陆四地

我天天晨走，觉得一草一木一石一水越来越贴身，所以想借摄影与景物贴心！

一、常州

周日就要赴常州，忙着处理事情没写微博。今天的晨走，在新店溪上空见一奇观。起先以为是有人遥控飞机竞技，近看才知是两只老鹰比飞，首次见到孤傲之禽也爱戏弄同类。它俩互画圆圈，屡屡近身看谁先闪，是求欢或是挑衅？这如连环套般的飞翔之姿大气而壮美，就在我仰首看呆之际，另一只鹰掠入争宠之局。

10月18日　11：50

有博友期待看我新作，也有人诧异我“也拍糖水”。原来唯美的景物照，被叫成只能甜嘴没有营养的饮料。肖像若只拍成样板，新闻若纯是记录，观念含糊的新摄影，也是糖水。关键不在于“拍什么”而在于“传达了什么”及表达力度。我天天晨走，觉得一草一木一石一水越来越贴身，所以想借摄影与景物贴心！

10月20日　10：45

“运河五号”是常州第五毛纺厂改成的创意街区，正是小型的北京798，我就住在园内的青年旅舍。“色影无忌”年度新锐奖的五天评审工作，全在这个可爱的地方进行。今早飘着毛毛雨，诗情画意。在运河两岸老街走了一小段，23年前第一次来大陆的感觉全在此刻重温。太难得了，遽变中的城市竟然有如此浓厚的地气。

10月22日　14：26

在西仓街晨走，见三十来位八旬老人在运河桥下的小公园集合，是社区安排的重阳节敬老郊游。一硬朗老妇独自在岸旁吹笛怡情。我拍了照片后问知，曲名是《洪湖水浪打浪》，是她年轻时唱的歌；年纪大学会吹笛，就把记得的歌一一吹成曲。她害羞表示老了拍照难看，我夸说，她吹笛神态如少女，绽开的笑靥更是。

10月23日　08：51

由青年旅舍搬至红梅公园前的环宇饭店，然房间面向铁道，一夜的火车辗轨声不绝于耳。醒醒睡睡间忆起往事，童年，我每天都在寂静的暗夜中，听着远处传来的末班火车声入睡，仿佛我也随之离乡进城。外婆家在铁道外的山脚下，显得格外偏僻。每次去，都得跨过重重铁轨，与火车竞跑，那是一段欢喜的冒险。

10月25日　06：21

红梅公园内天宁宝塔高耸，环湖步道曲折，法国梧桐、柳树参差在各式花木当中，群舞及发呆的市民、慢跑与快走的运动者，在各个角落自得其乐。我一路漫步一路读人读景，只不知红梅在哪儿。等天冷花开时，想必处处皆是。我每到一处，必先找到一条走入当地市民生活的路径，如此也才能踩对节奏共频率，贴近本地人。

10月25日　08：39

二、黟县

昨天下午搭一点半的动车由常州到合肥，再转小车至黟县关鹿村，已近晚上十点。一路漆黑，只见明月，但一踏入友人的徽派古厝眼前全亮，全身浸沐在独特的气场中，顿时令人如同与明朝雅士共居一室。今早，在村子走了一圈，光线、空气、村民的善意，时时加强好印象。摄影节在这样的村子里举行，真是特别啊！

10月27日　10：07

参观了南屏、西递两村之黟县摄影节布展现场，要在古老祠堂的木墙上挂上现代影像，的确是个挑战。工作人员调来调去，为的就是既要尊重空间也要强调作品，我很高兴能看到布展工作，这比正式展出更有意思。傍晚参观了秀里的徽派建筑改造及著名的民宿。到目前为止，我住宿之处是古厝新用最成功的个案。

10月27日　18：58

養素軒
知足誰如馬少
養生欲學

两天都是被鸟叫醒的，床榻靠窗，挨着一棵大树，树梢跳上跳下的鸟就在眼前；夜里无声，鸡一啼便跟着叫开了。左靖之关麓小筑原是幢徽派古厝，但在精心修复下成了宽敞舒适的大宅，空间变化有致、气场畅顺、功能方便，而又保留了古貌与内涵，大气、典雅，令人钦羡。记得有人曾言“徽派建筑不符人性”，非也！

10月28日　06：47

内人来电话，顿时想家。明日在上海，后天就能回台北吃晚饭了。气温骤降，添了衣服坐在关麓小筑的中堂，由天井落下的雨水，打在六株盆栽上，吧嗒作响。玉兰花、三角梅的叶子片片发光，小叶栀子则躲在下方默不出声。徽派建筑之美此刻充分展现，阴晴变化、四季交替都成了室内景色，我正想着雪花飘下再来。

10月29日　12：18

在雨中匆匆路过塔川秋色、木坑竹海两景，山林美极，乌桕树初红，听说十来天后将是浓淡不一的朱色，遍布群峰及田野。走了宏村及卢村，前者游客如织，古意全失；后者几乎没有游客，人、事、物都呈现小日子才有的真情。这是我在黟县走过的最喜欢之徽派村落。黄山市飞上海的班机取消，我得在火车上过夜。

10月29日　18：14

得知黟县摄影节及碧山丰年庆延期，甚惊！我看了三天的布展，只道是提早见到成果，没想到竟是如此。希望所有人的辛苦没有白费才好，祈祷终会顺利举行。而我又是何其幸运，有缘见证两个水平极高、深具意义的节庆之现形，也正因为如此，特别为之操心。一位朋友甚至替孩子请好假要从北京来看展览，现在呢?

11月1日　16：31

三、大理

大理国际影会俨然成了古城的名片，红布条在城墙上格外醒目。下榻的洱海古镇酒店闹中取静，出门是观光客摩肩接踵的街市，人声鼎沸，进门却有空寂之感，倒也有趣。昨天下午四点抵达山水间影会办公室，香醇的云南小粒咖啡才入口，电视台的主持人便特地前来致意，敲定今天上午的采访行程，真是周到又盛情。

7月31日　07：37

下午到大理国际影会山水间展场，将《失落的优雅》20张作品排好顺序，便交由工作人员上墙。这回虽只展出此系列的四分之一，经过影像重新编排，还算满意。主办单位选这张作品当海报，可谓独具慧眼，因为它是我至今拍过的所有照片中，唯一找不到底片的。在书里，这个故事的题目叫作《那个时代那些人》。

7月31日　17：50

昨日上午大理国际影会开幕，下午看了一会儿展览，便到洱海“自在客栈”度过一段轻安的时光。客栈主人是一对辞退了媒体工作的夫妇，从处处跟现实摩擦的职场，来到有如人间仙境的湖畔。阴天的云彩和湖水有一种黑白影像才有的怀旧诗情，室内陈设又如此家常与温馨，这样的氛围，让许多淡忘的记忆都浮现了。

8月2日　08：30

晚餐吃得简单又满足，只点两个菜，连汤都免了，因为憨厚的女老板说够吃了。菜是她建议的：玫瑰花煎蛋、青辣椒炒鲜蕈。香香酥酥的蛋才上桌，我和内人就半碗饭下肚，吃个精光；炒鲜蕈一来，又吃了半碗饭。结账时问这是什么蕈，怎么这么好吃，老板娘说，老人头，是每天从苍山里采的，只有这个季节吃得到。

8月3日　21：13

昨天上午离开大理前特地补看了几个展览。本届大理国际影会最令我震撼的，就是孟加拉国女摄影家Tasmila Akhter的展览。在纪实摄影式微的今日，她的这组服装厂火灾报道，再硬的心都会被撼动。中午于88餐厅吃了份德式三明治便匆匆上路，与开车的福建籍年轻人闲聊，得知他最喜欢看证严法师的书。真是有缘！

8月6日　15：13

久闻洱海之美，特地与友人雇车环湖，一天下来感慨颇多。这么好的自然美景，却在不当开发之下变得既俗气又荒谬。湖中最小之岛名小普陀山，上有观音阁一座，远看道气十足，搭渡船登岛，映入眼帘的景象却让人痛心不已。所有空地竟都竖满了烧烤架，佛门圣地理应虔诚清净，却让它成了又荤又腥的场所。

8月6日　16：07

离开令人失望的双廊，在前往挖色途中巧遇白族婚礼。吹唢呐的乐手行在最前面，后面跟着一群闹新人的亲友，嫁妆沙发往路中央一摆，被堵的车辆只有耐心等待，以示尊重。在文笔村外，洱海边立着一顶大红遮阳棚，被保护的是一架老式缝纫机，整个画面就像希腊导演安哲罗普洛斯的电影。原来，它是用来补渔网的。

8月6日　16：26

多美的地方啊！照片还真能骗人。其实这只是双廊的十分之一，其他十分之九都是工地，因为居民竞相盖民宿。我相信最早的双廊就是这么美，但没有整体规划的过度开发，使得最美的地方也变得奇丑。它曾有过的好完全被人们扼杀了，任何事情只要过度就会变质，哪怕是好事。次序与比例永远是最好的尺度。

8月6日　16：42

四、杭州

马上就要去机场了，直飞杭州只要70分钟，比出城还快。这回在大陆待得可久了，北艺大（台北艺术大学）两个周五的课只好请假。很开心将与十位对摄影有极大热情及理想的学员共处，回想1987年在台北举行“人与土地”展览时，开始成立工作坊，从此踏上教学之路。能把自己毕生所学传承给更多人，真是莫大幸福。朋友们杭州见！

10月5日　06：02

莫干山上湿气重，雾中景色无法远观，树姿只有影不见形，像煞水墨画，而平时看来无奇的石头、落叶，裹上天降玉露便有如宝石。山上的蒋介石、毛泽东别墅，各自诉说着一段历史。山脚下的庾村处处可见黄郛的贡献，知识分子扎根乡下，的确可以改变农村的命运。一个废弃的蚕种厂，正在转型为文创园区。祝福！

10月7日　09：51

雨虽未停，马路深及膝盖的积水已退。昨天杭州市区有如河道，166文创园区地势又低，进快门摄影艺廊时，鞋已湿透，真担心教室会进水。一夜醒来两次，旅馆外的马路仍汪洋一片。晨起，见到柏油路面，心才放下。此刻，正等车子接送到教室，而工作人员一早便去抗洪。菲特台风已成工作坊的开课日记，希望大家平安。

10月8日　07：53

166文创园区淹水，只好改在学员住宿处的会议厅上课。快门摄影艺廊的工作人员应变得当，让工作坊准时开课。早上的讲座“人性的凝视”，学员们都十分专注，而下午的底片冲洗示范，在助教小胡的协助下也顺利完成。下课时，天已无雨，路面全干。而快门摄影艺廊的积泥也清洗干净，明天便可在专业的暗房上课了！

10月8日　19：31

原以为一天七小时的课上下来会极累，没想到连续四天都应付自如，这是学员的专注反馈给我的支撑力。看大家如此热切、开心，我也满心欢喜，觉得年轻。暗房手艺，我是靠自己摸索，解决碰到的所有疑难杂症，发展出与众不同的放大技术，这些不曾在任何暗房书籍中出现过的秘方，终于可以面对面地传给有缘人了！

10月12日　08：26

来杭州已九天，只在百瑞酒店至快门摄影艺廊之间的金华街走动，中午回来小寐，下午的课也就不觉累了。明天便是摄影工作坊首班结业，学员要选出一位同学，经我认可成为奖学金得主，将学费退回给他，以鼓励坚持创作。金额虽小，但同学与我的共同肯定，意义却大。我心中已有首选，不知学员们会推举谁。祝福！

10月13日　08：11

昨天我第一次以老人身份过了重阳节，学员们中午给了我和内人一个惊喜，进暗房上课前，大家先分享了美味的蛋糕。几天下来，同学之间相处融洽、互相照顾，令我十分感动，也让我对今后将遇到的学员充满期待。盼望的是，不仅暗房手艺会通过学员传承下去，摄影的人文精神也会落实在他们的创作与生活中。

10月14日　08：01

来杭州十来天，整个心思都放在工作坊上，没能像往常一样写微博日记。一早在东河岸晨走，才感觉恢复了体能、精力。回忆这回的教学点滴，结业日那天，学员徐高航把珍藏的《摄影家》杂志（大陆版合集）分送给每位同学，让众人大受感动、欢呼不已。多希望这本杂志的全套62期都能复刻，好让更多人能拥有。

10月17日　13：42

中午圆满结束了杭州市民摄影节的讲座，观众极为热情，从头到尾的那份专注让我特别感动。最后五位观众的提问，激发我把观念、思想做了更入里的表达。讲座前后的签书活动也出乎预料，从未签过这么多的名。晓风书店人员问我愿不愿把剩下的书都签足了；他们怕我累，我却签得十分欢喜，这是跟读者结缘啊！

10月19日　18：09

A16
DUSHIKUAIBAO
85100000
都市快报
我们六岁啦!
17
“美丽杭州”第六届市民摄影节开展
影节开展
进口

在家度假

再忙我都会在三峡住上一宿，醒来喝杯咖啡，听张黑胶唱片再离开。物有用，人就有情。

大片大片的芦苇正要从青春牙白转为烟黄，再就是褐黄、枯黄了。我把它们短暂生命最灿烂的时刻拍下，感谢它们给人间带来的诗意。“在家度假”是我的贵人，法国摄影家杜杰德的一个摄影主题。他办摄影艺廊后没空旅行，只能在家度假。如今我也到了能享受在家度假的年龄，特以同名系列纪念已往生的他。

12月22日 10：23

一个多礼拜去一次三峡仓库，没法养花，水果也不经放，可没花没果就好像少了很多东西。为此，我特别去找了惟妙惟肖的人造花、蜡制水果。在我看来，它们比大多美术馆展出的观念艺术作品好得太多，那些艺术家喜欢把有生命的东西弄得毫无生气，这些工匠却将没生命的东西做活了。

12月22日　10：28

北艺大后山的野生姑婆芋满山遍野，那天我带着铲子、提着水桶，搭了45分钟地铁，走了半小时马路，把一株肥硕茂密、捧着比我还高的连土搬回家。怪的是，一路没人多瞧我一眼。要是我碰到这种景象，早就一路跟踪，猛按快门了！如今，在我家窗外摇曳的，已是当初那一株的孙子。

12月24日　09：16

这片被蜘蛛丝悬在空中的落叶，在晨曦下微微颤动，好像在跟我打招呼。地面上，同株树上的无数片落叶早已被露水泡烂，化成了泥泞，它却在蜘蛛的帮助之下延长了它的美，黄中带青，像熟透的柠檬，等待有缘人来发现。

12月26日　08：01

我喜欢走路，在关渡山居住经常穿过行天宫后山，此处清幽、有道气，尤其是林间小路，让人有步步参禅之感。大树下的这个歇脚处，桌面是石板、凳子是石块、地面是石头。砌石工人肯定没受过什么美术训练，只不过是物尽其用，反而美得质朴有灵气。

12月28日　08：37

已经忘了这把满天星是何年何月买的，但少说也有十六七年了。大多数的花会枯萎、腐臭，这把满天星在失去水分后，却依旧维持着完好的形体。我舍不得扔，几次搬家都带着它，最近在三峡仓库找到最适合它的位置。冬阳入屋，仿佛为它注入了新生命。

1月1日　18：40

来碧潭的游客多半会泛舟，西岸的和美山只有附近喜欢运动的居民会来。那天早上光线特别美，我独自登顶，俯瞰我家的小区，远处就是知名的101大楼。离开时，我注视着这块石头，好奇它守在这里多久了。多少人曾坐在它身上歇息啊！因为它，和美山又增高了半米。

1月5日　07：13

在新店、关渡和三峡来回跑，成了我的固定行动路线；把一来一往当出游也是调剂。三峡虽是堆积藏书、档案及舍不得丢的杂物空间，我还是布置得有如居家。若只为取物，取了就走，空间就不会留情。再忙我都会住上一宿，醒来喝杯咖啡，听张黑胶唱片再离开。物有用，人就有情。

2月2日　10：13

正与内人在她书房进行《时代周报》的“在家度假”专栏组稿，看见夕阳正要落山，赶紧回我书房取出相机留影。摄影正是要在感动的瞬间同步创作，差个几分之几秒，一张好照片就不可能产生；不只是制造一张张好照片，更是把稍纵即逝的瞬间化为永恒。我一直觉得摄影跟佛法很接近，那就是“把握当下，恒持刹那”。

3月12日　18：00

大清早遇八旬老妇摆摊卖百香果，令我大为惊喜。冬天怎么会有？她说果子来自“丰丘”，本来满山都是，却被膨尾鼠（松鼠）吃光了，这是今年仅存的。朝阳入屋，映在榻榻米上的窗影美极了，我把水果盘拿过来，还没吃，已经知道它是极品了！

3月13日　06：52

玻璃通常给人硬邦邦的感觉，这只水果盘的设计却极具巧思，把玻璃弄得像布条，编成的果篮弧度优美，让视觉产生柔软的触感。搁了几天的橘子与刚摆上去的苹果好像一幅图画。拍照时我突发奇想，把两只陶制的点心罐拿出来跟它们呼应。假梨、假柿子也跟真的一样有生气了。

3月18日　08：08

一进北艺大的正门，便有一处学生专用的机车停车场。山坡上的九重葛红艳如火，如瀑布般泻下，使机车铁壳也变得有如装置艺术品。我看过非常多九重葛，自己家的盆栽也有一株，但开成这么一大面墙，也只有在这个角落了。

4月3日　08：52

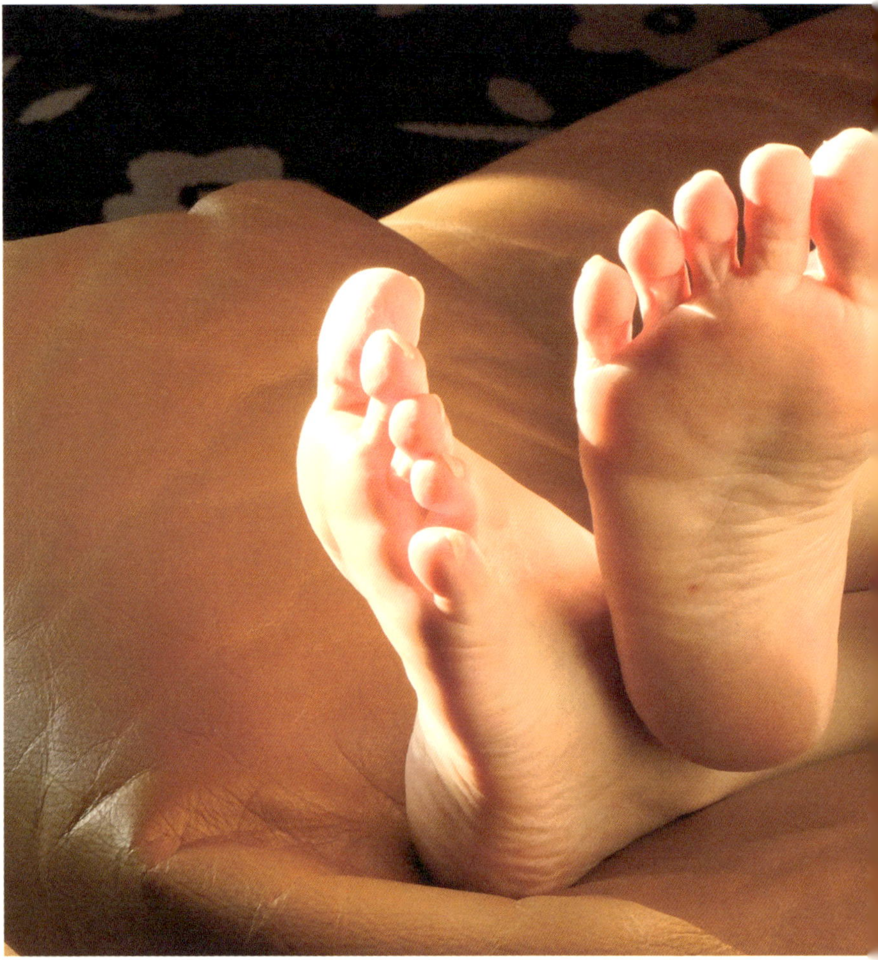

落日照进内人书房，忙了一天的老伴躺在沙发上小歇，余晖打在她的光脚丫上，看起来跟42年前和我谈恋爱时一样，一点都没老。岁月大概忘了在她的足下留痕迹。老伴16岁就跟我认识了，陪着我一路走来，在生活、工作上都与我密不可分，对我想做的任何事都支持。再过几天我们又要携手赴杭州，展开一个新的旅程。

9月28日　18：10

爱物惜情

Leica M4-p是陪我最久的相机，快三十年了！黑机身的边缘已被我用到磨白，每道痕迹都是人与物结合的时间印记。

用不同杯子喝水竟觉不同滋味。这三款手工制玻璃杯是1999年在墨西哥瓜地拉哈拉大学展览时，当地摄影家送我的一套杯具的一部分。逆光下，玻璃杯内的气泡成了晶莹的肌理。这三款杯子各有十只，加上一只大水壶，总重近二十公斤，硬是小心翼翼提回台湾。水无色无味无形，却因不同容器而有了万千滋味。生命之源啊！

10月10日　17：48

水果摊有两种，一种专卖漂亮又贵的，一种专卖难看又便宜的。前天在路边买了三袋“鸡蛋丁”，就是小如蛋的柳橙。回来一切，果肉和贵的同样鲜嫩，榨出的汁还是我所喝过最香甜的，才100台币。只不过我们一家三口各一杯，得榨这么多！也好，适合过慢活的人，也让不好看的水果有出路。好看的不一定好吃。

11月8日　10：53

上星期四从学校步道扛回来的枯枝，插在花盆就顶到天花板了。本来叶子很多，一路强风逆行被刮走不少，能够留下来的便不容易落了。什么都一样，通过逆境考验才会更坚强。本来只是一时兴起，把大家视为垃圾的东西捡回来，没想到，它竟给家里添了这么好的气氛，晚上白天各有风姿。在我眼里，它仍是活的。

11月10日　12：14

昨天上课累坏了，幸好今日可好好休息。艳阳如夏，在家待着最好。将一台B&O的老黑胶唱盘由关渡山居搬回新店家中，竟发出从未有过的好声，八成是一路挑着走，把某个零件晃到定位了。这台正切唱臂一开始的设计真是完美，一切自动，免去播放时怕碰坏唱针的紧张感，可说是音响工艺的巅峰之作，我正在听它传音。

11月19日　09：39

TURN
PAUSE
33
45
<<
>>
33
PLAY
STOP
<
>

十年前的一个周日，我和内人逛到敦化南路，见一专卖柚木家具的小店拉起“结束营业，全部特价出清”的红布条。内人独钟此椅，店家说，你可真识货，这是从土耳其进口的，当地的工匠、德国设计师，说完还拿出两者的签名认证卡。设计带奥斯曼风，木头好极了，不必上油便有温润光泽。我最爱坐在这里听音乐。

1月25日　11：38

儿子终于找到非常喜欢的工作，在一家二手北欧家具公司当店长。他喜欢经典设计作品，有跟人打交道的热情，最爱把好东西介绍给有品位的人。有一天，他扛回这把休闲椅，往我的书房窗边一放，说是给老爸的礼物。这是丹麦设计师的作品，造型简单、材质好，坐上它特别能放松。从此，我就常在这儿看书、写文章。

1月25日　12：23

终于喝了illy Y1.1胶囊咖啡机打出的第一杯Espresso。机器十天前就到了，但直到刚才方搞清楚操作程序。这是一台不像咖啡机的“工艺品”，也是我的新玩具。撕开胶囊的锡箔时，一股特有的香气扑鼻而至，未煮先闻其味，光是这一点就非其他胶囊能比，而它设定的水与咖啡粉之比例是最标准的，有如在罗马街头喝到的。

3月4日　05：35

平常在家都用一般的现磨盐巴罐、胡椒罐，样子就是超级市场的那种。这组像鹅卵石的精美设计，买来后就被我摆着当装饰品。为了迎接好友，我特地买了细盐、细黑胡椒装进去，让他们帮我启用。我喝咖啡不加糖，因此这组糖罐、奶罐也被冷落了。现在也装上了专程买的冰糖，鲜奶放在冰箱，就让他们现用现热吧！

3月5日　14：50

今日《南方都市报》“正方形的乡愁”专栏，提到的就是这台LOMO 120。这是个非常有意思的机器，快门有B、15、30、125、250五个速度，光圈从4.5到22，整个机身都是塑胶，只有观景盖及机械部分为金属。当年售价约300台币，却替我留下了许多不错的作品，此系列的“有一个礼拜五”单元都是带学生外拍时用它捕捉的。

3月19日　15：36

昨天很累，幸好睡得香甜，早餐后又接到在亚马逊订购的illy X1咖啡机，真开心！内人笑说，今天是国际儿童节，就算给你这老小孩的礼物吧！惊喜的是，除了随机附送四罐不同口味的胶囊，还多送了大小两对咖啡杯。我立刻煮了两杯，加鲜奶的深烘焙给内人，我自己尝了一下低咖啡因Espresso，没想到也很够味儿！

6月1日　11：46

正是这台重达三十多公斤的黑胶唱盘，让我从关渡扛回新店，却因为空间因素，一直没调出满意的声音。可它实在是太漂亮了，所以仍然放在显眼的位置。它是北京欧博生产的紫禁城系列，这厂牌我一共有三型唱盘，其他的是LP2.0以及水滴系列LP5.0。记得有博友想看这台唱盘长什么样子，今天机器就位了，补发照片。

6月1日　15：48

从抽屉找出一支几乎被我忘掉的老钢笔，仔细看刻纹，是Charles Chevignon于1957年推出的原型笔。八角形笔身与鹈鹕鸟嘴的笔夹勾起了我的回忆。那是在法国土鲁斯市政府广场附近小店看到的，办《摄影家》杂志时，我每年都会去那可爱的红砖之城探望尚·杜杰德先生，这支笔几乎是我在那儿买的唯一的纪念品。

8月13日　08：41

这是我的第一台Leica相机，35年前在台北万华龙山寺对面的旧货市场买的。原来的主人显然很懂相机，这台3a本没闪光灯同步插座，他却想办法将其改造。20世纪40年代生产的此款相机不知有多少人用过，虽然操作不便，但性能相当可靠，直到我新添了一架M4，把它当摆饰，许久没用之后才坏。东西就是要用，人也一样。

8月13日　13：10

Leica M型机器我用过M2、M3、M4-p、M6。M3割爱给一位收藏家，M6在火车上弄丢了。M2一般较不被注意，我却特别偏爱，装35mm小广角恰恰好，装50mm标准镜头也合宜，且从来不曾出现故障，十分可靠。拥有Leica之前，我用了许多年Nikon F-2。这真是好机器，我曾连人带相机滑落溪谷，机器晒干之后，居然还是好的！

8月15日　09：44

回博友：很多人问我相机的问题，我无法一一回答，请注意今后微博，我会偶尔发一些用过的相机图文，包括120。这个用意是睹物忆往，而非炫耀。同时，我也会开始写物，以前多在“读人读景”而少谈成长过程中用过、思念的物。没有它们，就不会有今天的我。所以，人人理应在用物时，懂得惜物、爱物、敬物。

8月15日　10：42

Leica M4-p是陪我最久的相机，快30年了！它的观景窗可以框住28mm镜头的视野，因此刚上市我就迫不及待地要内人去香港出差时买回来。那时台湾的进口税可高了。黑机身的边缘已被我用到磨白，每道痕迹都是人与物结合的时间印记。《都市速写簿》《四季》中的绝大部分照片都是这架相机、这支镜头拍的。感恩。

8月16日　18：06

这台Leica R4S虽然少用，却替我拍到了《人与土地》封面、小孩翻筋斗那幅作品。Leica 的单眼相机并没有M型的好用，但需要望远镜头时，它就胜出了。许多人喜欢这张照片，远远海平线上所发生的事，正是用180mm长焦距捕捉的。这支昂贵的镜头我更少用，也不爱带着，因为太重。但那一天，它就在相机包里！

8月20日　06：36

差一点找不到这只表，原来搁在照片档案柜里。这可是我20岁那年花了所有的存款才买到的。当时在金门服兵役，薪饷与替《幼狮文艺》画插图的稿费没地方花，趁半年一次的休假，到台北最大的钟表店买下它。从没见过表面设计得如此简洁漂亮的，日月盈亏就是时间图像。它陪我很多年，虽然现在已不戴表，可还是很珍惜它。

8月20日　10：13

这是1994年访越南时买的。河内当时市容寂寥，主要观光区有好几家小店在卖古董手表，据说都是从美军身上搞来的。价格不算贵，但只收美金现钞。今天找出来上上发条，竟然还走得很顺，显示出我拍照的时间。晨曦由狮仔头山升起，我要出门晨走了。河内的奇遇将刊登于《摄影家西游记》**@铁葫芦图书** 出版。

8月23日　08：22

这三支钢笔跟我可久了。第一支买得最冲动，服完兵役在《汉声》杂志上班，公司订的日文《太阳》杂志，每期封面里都有这款万宝龙经典笔的广告，硬是省吃俭用，用整个月薪水买下。但笔尖太粗，墨水用得凶，日后又添了中的、小的。《当代摄影大师》《当代摄影新锐》《摄影美学七问》都是用这些笔写的。

8月24日　08：04

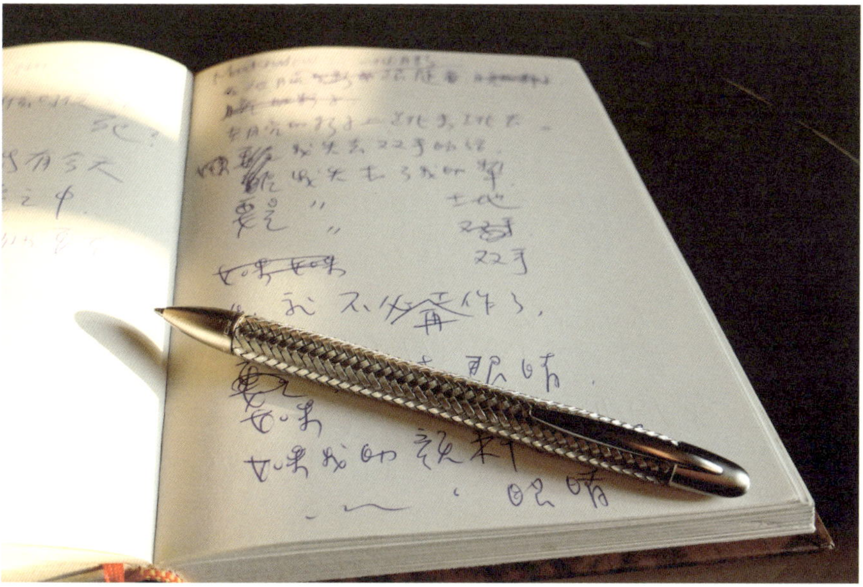

天阔家的书房此刻光线最美，让我想拍点什么。这支笔是内人为我买的。那回在飞机上，她见我捧着购物目录左看右看，便说喜欢就趁免税买了吧。听她这么一说，不免窃喜。她平常只花小钱，但每次不该买的东西都让我买。要拍笔，总该有衬底，随手摊开笔记本，竟刚好是听歌时，内人口译，我记下的一首歌词。

8月24日　12：03

Mozart

这张CD无论企划制作、演奏演唱、包装设计都是上乘的，把莫扎特的著名曲目与埃及传统音乐巧妙结合，成为十分前卫的创作。包装由五面正方形构成，既能竖为金字塔，又可摊成十字架，融合文化的企图明显。莫扎特的音乐欢快，埃及旋律却透着哀愁，让我时时想到古国最近的情况。社会动荡不安，人民多么悲惨啊！

8月26日　13：27

今天没有晨走，五点起来便开始做家事，扫完地擦玻璃，顺便把客厅的两套布沙发也细细清洁几遍。在书架角落看到这只小公鸡，想到送我的人：法国土鲁斯水之堡摄影画廊创办人尚·杜杰德。他在世时，我们常去他的乡下农舍，老先生兴起就会学公鸡叫，说要叫醒对摄影失去信心的人，让他们重拾相机，再出发。

8月27日　08：04

这只表我也戴过一阵子，是在香港买的。对我来说，香港就像个超级大商场，没事不会特别想去。倒是香港机场造访次数特别多，因为早年台湾到大陆不能直飞。实际造访为1988年8月在香港艺术中心举办“人与土地”展览、2000年底为《摄影家》杂志筹备《香港摄影专号》。现在，每看到这只表就会想到这两件事。

9月9日　17：49

120相机我用过单反、蛇腹、双镜等款式，有的奇贵，有的便宜得像玩具。这也反映了我的心情就是想调剂，不愿被135的长方形构图框住。Roleiflex是我的最爱，尤其是这台60周年纪念机，既保留了原型的所有优点，又添加了精准的TTL测光，很轻，镜头解像力棒透了。《正方形的乡愁》里面许多照片都是用它拍的。

9月17日　08：38

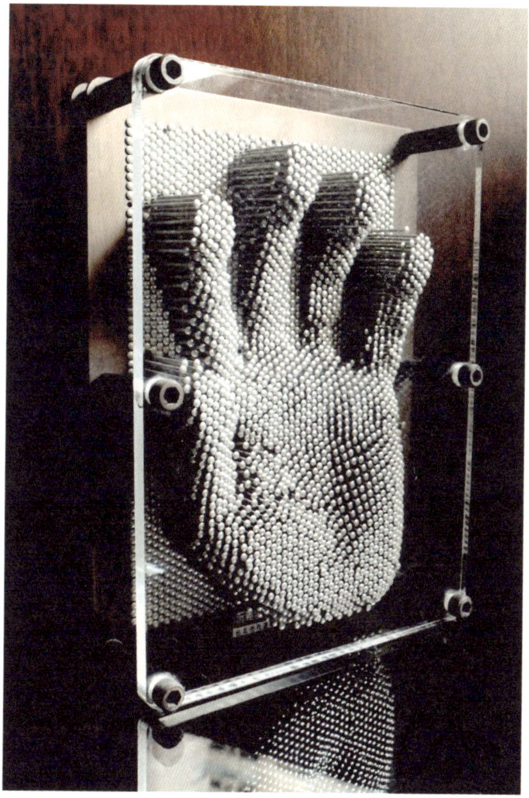

睁开眼就想起床，三点不到开始整理书房，因为换了一对音箱，信号线走法得重新调整，所有器材都要挪动。架上这座钢钉模一动，原来的形状立刻松垮。1990年第一次去巴黎，在蓬皮杜中心礼品店看到它时，大为惊艳；印在脸上就突出容颜，印在手掌就变成这样，有如实时成形的雕塑。这手势，是在向博友道早安！

9月27日　06：02

插画年代

昨天痖弦同时带来三本老《幼狮文艺》杂志，让我惊喜又感慨，自己画了那么多插图，竟然都记不得了！

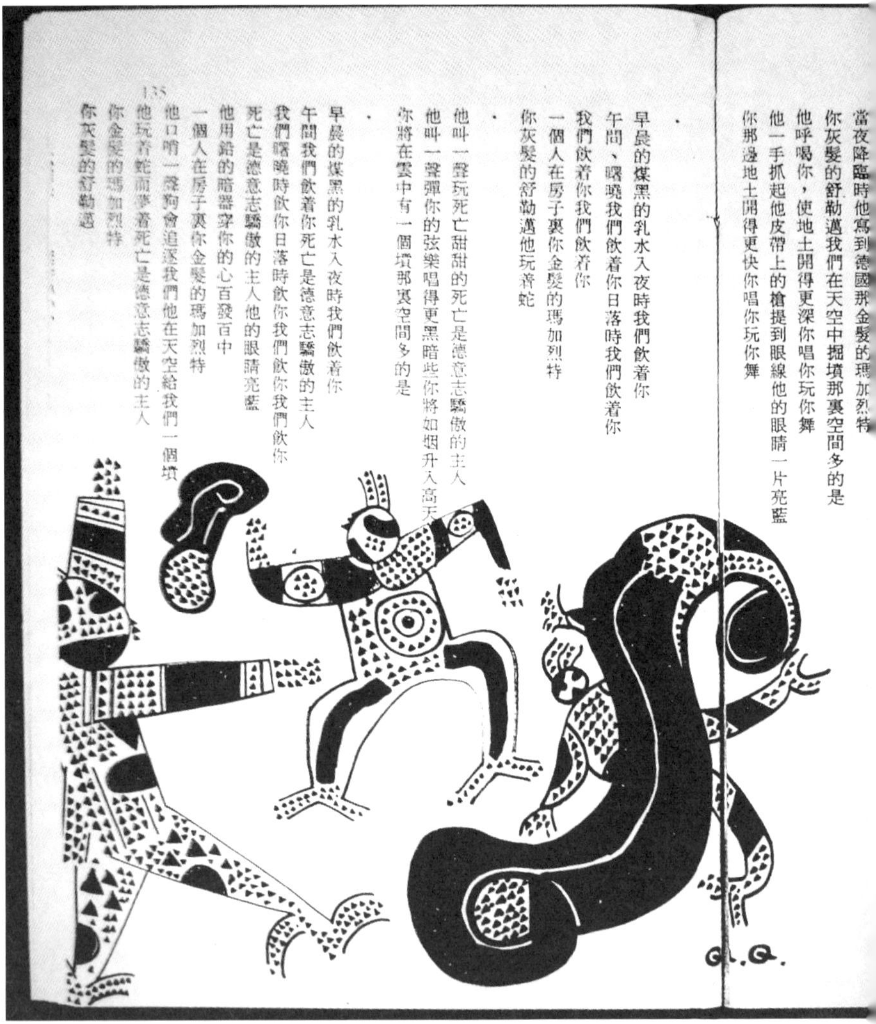
當夜降臨時他寫到德國那金髮的瑪加烈特
你灰髮的舒勒邁我們在天空中掘墳那裏空間多的是
他呼喝你，使地土開得更深你唱你玩你舞
他一手抓起他皮帶上的槍提到眼線他的眼睛一片亮藍
你那邊地土開得更快你唱你玩你舞

．

早晨的煤黑的乳水入夜時我們飲着你
午間、曙曉我們飲着你日落時我們飲着你
我們飲着你我們飲着你
一個人在房子裏你金髮的瑪加烈特
你灰髮的舒勒邁他玩着蛇

．

他叫一聲玩死亡甜甜的死亡是德意志驕傲的主人
他叫一聲彈你的弦樂唱得更黑暗些你將如烟升入高天
你將在雲中有一個墳那裏空間多的是

．

早晨的煤黑的乳水入夜時我們飲着你
午間我們飲着你死亡是德意志驕傲的主人
我們曙曉時飲你日落時飲你我們飲你我們飲你
死亡是德意志驕傲的主人他的眼睛亮藍
他用鉛的暗器穿你的心百發百中
一個人在房子裏你金髮的瑪加烈特
135
他口哨一聲狗會追逐我們他在天空給我們一個墳
他玩着蛇而夢着死亡是德意志驕傲的主人
你金髮的瑪加烈特
你灰髮的舒勒邁

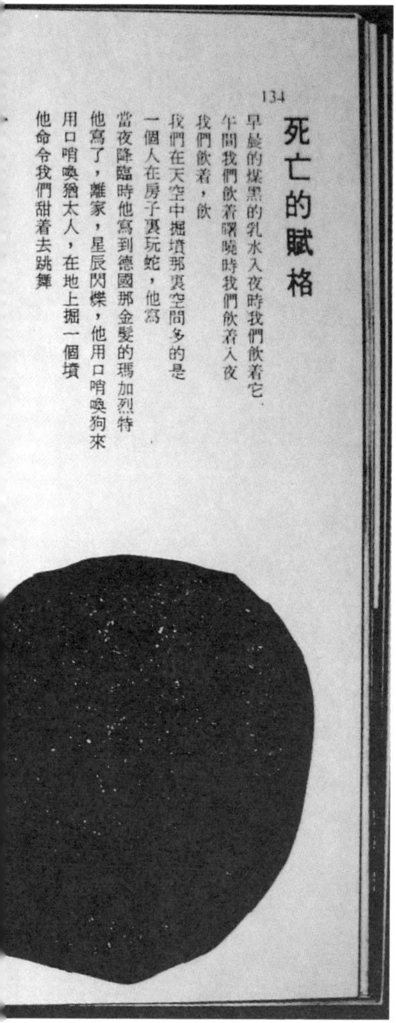
134

死亡的賦格

早晨的煤黑的乳水入夜時我們飲着它、
午間我們飲着曙曉時我們飲着入夜
我們飲着，飲
我們在天空中掘墳那裏空間多的是
一個人在房子裏玩蛇，他寫
當夜降臨時他寫到德國那金髮的瑪加烈特
他寫了，離家，星辰閃爍，他用口哨喚狗來
用口哨喚猶太人，在地上掘一個墳
他命令我們甜着去跳舞

我的插画生涯是1969—1973年，笔名取为Q.Q，是因为年轻时头发多又卷，闽南语叫Q.Q。我的插图是用钢笔、奇异笔、毛笔画的黑白线条。高中时听不进刻板的教学，上课总是偷偷画画或读世界名著，因而累积了不少作品。大学联考一交卷，我就知道没戏了，趁人在台北，抱着画稿去《幼狮文艺》谋职，命运从此改变。

4月8日　14：08

我画画因工具不同而发展出几种风格，钢笔是线条游戏，比较抽象，奇异笔仿木刻版画，毛笔写意。初中时常被老师罚抄几十遍、上百遍课文，既然要写这么久，我就把惩罚当练习，每一笔都写得很工整，好像刻钢板，发展出自己的字体后，再变成绘画元素，想起来还真有意思。但我自己比较满意的是用毛笔画的。

4月8日　20：30

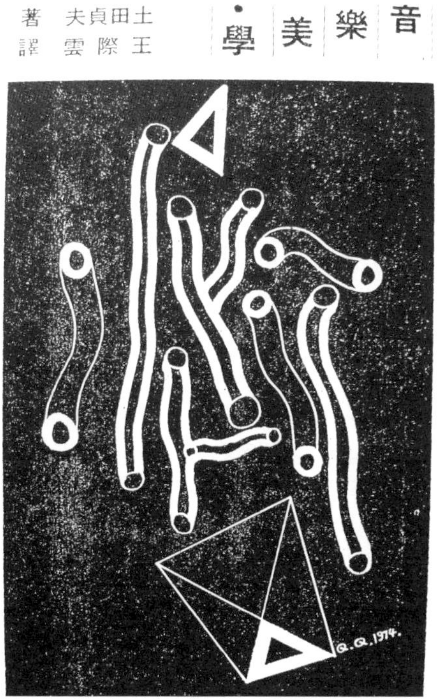

1974年我已在《汉声》杂志工作并拍照了，《幼狮文艺》偶尔找不到人画插图，还是会找我帮忙。那时工作太忙，我只有随性草草几笔交差，但现在看起来，随性有随性的好，草草有草草的妙。这张图让我想起当年曾为三册一套的《交响乐欣赏全集》中的每首曲子都配一张图，稿费低得可怕，但我干得很开心。

4月10日　17：59

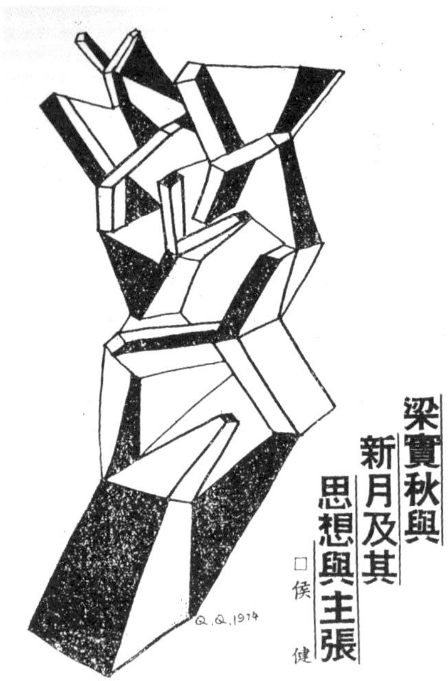

当年画插图，有时会碰到很硬的文章，比如这篇侯健教授的《梁实秋与新月及其思想与主张》，但我还是配了图。真是要感谢当时的《幼狮文艺》主编痖弦先生，我给什么他就登什么。由于插图视觉效果强，读者的注意力会立刻被吸引，想知道图跟文到底有什么关系，就这么读下去了。等看完才知道，两者毫不相干。

4月13日　05：34

我很少画自己。这是年轻时的自画像，当时的我不苟言笑，总觉得自己才气横溢、比谁都认真努力，老看人不顺眼，所以五官也有棱有角了。刚接触摄影时也还想画画，可又感觉往后可能会没时间再碰画笔了。那时与几位学设计的朋友住在一起，经常素描他们，他们不在，我就画桌上的花盆，或是找面镜子画自己。

4月15日　10：04

20岁画插图时的我，有时也需替文章所提及的音乐家画肖像。这时，唱片封套的作曲家照片或画像就是我的临摹对象。若是光用眼看，不必动手勾勒，那只是欣赏，但要一笔一笔画出来，就得心有感触，是理解与想象的结晶。那时还真画了不少音乐家，可惜留下来的不多。哪天得在仓库找找，整理一下，与大家分享。

4月17日　09：24

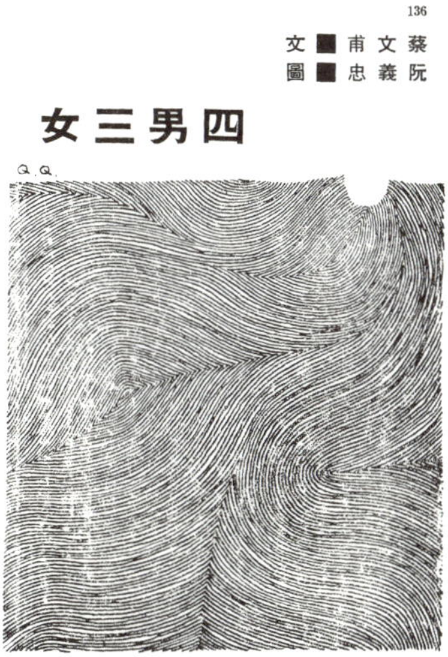

昨天痖弦同时带来三本老《幼狮文艺》杂志，让我既惊喜又感慨，自己画了那么多插图，竟然都记不得了！最早那册是1970年8月号（200期），设计封面时，我找了外国画册上的一幅风筝，将其局部放大。该期大部分文章配的都是我的钢笔画，年轻时的我是多么前卫与现代啊，但随着年纪渐长，却是愈来愈回归传统。

4月18日　06：50

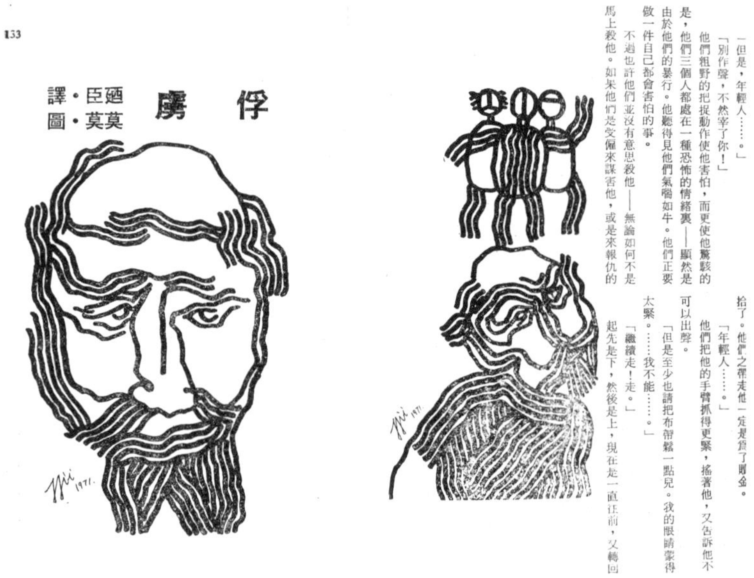

133

俘虜

譯・臣迺
圖・莫莫

「但是，年輕人……。」
「別作聲，不然宰了你！」
他們粗野的把捉動作使他害怕，而更使他驚駭的是，他們三個人都處在一種恐怖的情緒裏——顯然是由於他們的暴行。他聽得見他們氣喘如牛。他們正要做一件自己都會害怕的事。
不過也許他們並沒有意思殺他——無論如何不是馬上殺他。如果他們是受僱來謀害他，或是來報仇的

拾了。他們之帶走他一定是貪了賄金。
「年輕人……。」
他們把他的手臂抓得更緊，搖著他，又告訴他不可以出聲。
「但是至少也請把布帶鬆一點兒。我的眼睛蒙得太緊。……我不能……。」
「繼續走！走。」
起先是下，然後是上，現在是一直往前，又轉回

除了用Q.Q，我也用jjii、莫莫之名画过风格不同的插图，但时间极短，40年后再看依然喜欢。我采用那时刚问世的奇异笔，线条圆圆滚滚的，下笔与收笔都没有笔锋，图案性特别强。《俘虏》这篇文章我画了四张插图，作者Luigi Pirandello的名字在目录上，译者陈迺臣是英文教授，我服兵役时常到他屏东的家走动。

4月20日　07：11

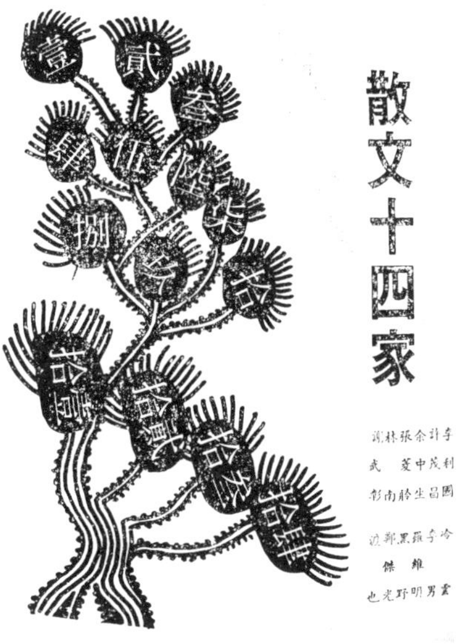

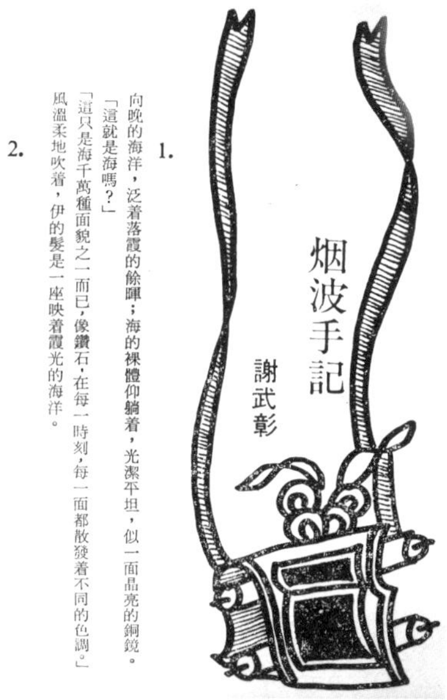

当年的《幼狮文艺》，有时整期的文章都由我一个人画插图。名字出现太多遍会很奇怪，所以这个单元就干脆既不签Q.Q，也不署名，画起来完全没压力，更好玩。一共画了14张，这儿选的是比较受民间剪纸影响的。工具也是奇异笔，画在铜版纸上，笔滑纸也滑，线条特别流利。可惜原稿都不见了，现在只剩影印本。

4月24日　18：49

鐘聲花外盡

冷雲

小妹妹因爲媽媽不准她把頭手伸出窗外，把一張小嘴呶得比山高。
一個上年紀的老祖母安閑地用她的老花眼讀着走過去的廣告牌。
有人把煙蒂丟在車上，不死的煙猶如一首矇矓的歌。
一個高中女孩子從書本空隙去偷瞄一個男學生的俊臉。反之亦然。
又是一陣人潮湧向車上。
母親懷裏的嬰孩始終看看這，看看那，皺皺小眉，露出一付對這個世界不解的樣子。然後哇的一聲哭出來。
兩個自認爲很有深度的大學男生和女生暢談他們的郊遊，並且忘了車上其他的乘客。
只有司機是唯一的禪，他握住駕駛盤如握住一片洶湧的海洋。

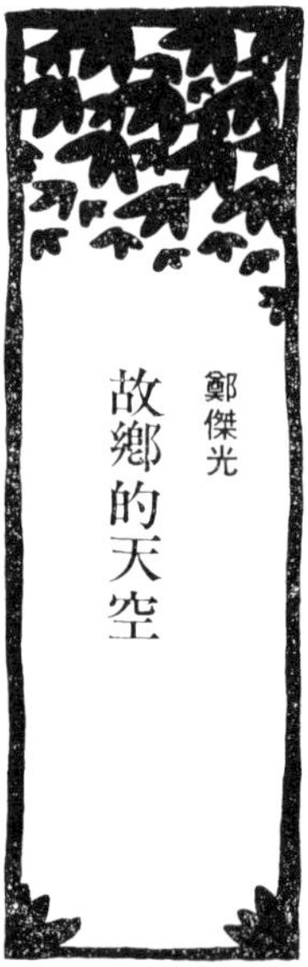

故鄉的天空

鄭傑光

我要回去了！
啊，止不住地，輕輕的手顫，連續的，低微的自語，在這樣寬敞的浴室裏，只有細心的池水知道，我不斷的喜悅。

我們！
我生長的地方，本來是一個天堂。
那兒有茂密的叢林
垂楊水岸……
那兒有清澈的河流

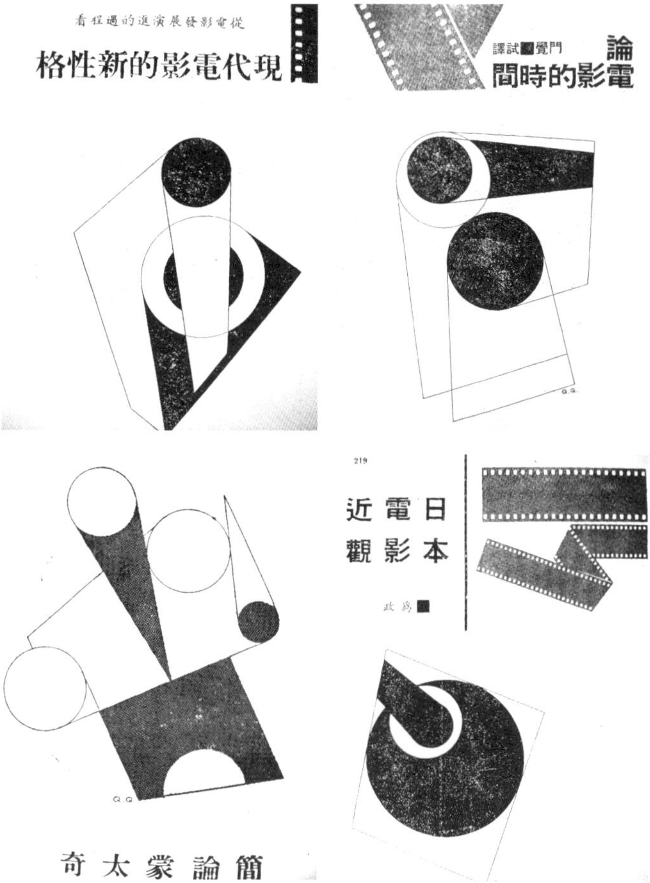

年少时在《幼狮文艺》画插图，有时会为整本专辑做视觉规划。有一期讲电影，我用最简单的圆规、三角板加胶卷，构成既像摄影机又像放映机的造型，将之化为几何构图。如今看来，依旧有天马行空却又节约自制的感觉。40年前的旧作，如果现在用电脑上色，不晓得会变成什么样子。哪天学会软件应用，就来玩一玩。

5月1日　10：49

Mono
CBS
61 043
SCHUBERT
STREICHQUINTETT C-DUR op. 163
PABLO CASALS
ISAAC STERN und ALEXANDER SCHNEIDER, Violine;
MILTON KATIMS, Viola; PAUL TORTELIER und
PABLO CASALS, Violoncello

舒伯特的弦乐曲中，五重奏C大调op.163，D956是我的最爱。卡萨尔斯是我最佩服的大提琴家，这张是1952年法国南部小镇普拉德举行的音乐节实况录音，可能是这首曲子最好的演奏版本之一，五位大师合作得完美无间。右图是我20岁那年，参照卡萨尔斯相片所作的速写，能够画得如此生动，全因他的诠释深入我心。

5月1日　13：11

本以为这两张40年前所作的速写丢了，没想到一个柜子的承板负荷过重，塌了，才发现它们夹在一堆玻璃框当中。画了三四年插图，产量甚多，留下的手稿却没几幅，多半是印刷品或影印、翻拍稿。这两幅泛黄的人像，虽只有寥寥数笔，却唤起了我的回忆，是我刚服完兵役，借住朋友家时勾勒的。失物重得，甚慰！

5月23日　10：25

服完兵役后，我与三位做室内设计的朋友合租一间平房。白天他们上班，我就到处找工作，最后在《汉声》杂志落脚，开始拍照。那时已有感觉，可能会从此告别插画生涯，得空便宣泄绘画热情，不是素描友人，就是盯着客厅那张唯一的圆桌，速写上面摆的花。现在看起来还是蛮喜欢的，除了那阵子，我从未画过花。

5月30日　17：37

花莲之行

此刻，我坐在知客室外的茶座上，阳光透过不厚的云层洒在庭院，柔和而温馨，花莲的空气带着道香直入心脾。

假日，花东火车线一票难求，每年回静思精舍过年虽订不到票，但都在上车前一刻于售票窗口买票，意外都会有座位，或刚好有人要退票让给我们，或上车见有空位先坐，结果坐到终点。如此幸运，难免会相信自己受到保佑。刚用过早斋，等候证严法师七点的志工早会开示。趁空当先向博友们贺岁，并祝大家平安快乐！

2月9日　06：41

全球慈济人都以能回花莲静思精舍过年为愿，不能如愿的便以视频向证严法师拜年。今天的志工早会上，武汉和北京的慈济志工在静思精舍主堂的大屏幕亮相时，也令我想到大陆诸多友人和未曾见面的博友们。此刻，我坐在知客室外的茶座上，阳光透过不厚的云层洒在庭院，柔和而温馨，花莲的空气带着道香直入心脾。

2月9日　11：09

太阳浮上海面先照东岸，高过中央山脉后才会打亮西岸，花莲的一天总是比台湾其他县市开始得早。证严法师正在志工早会开示，阳光将静思精舍的墙柱门窗照得灿烂无比，并将主堂内映得更加庄严。清脆的鸟啼声和师父的祝贺与叮咛和着拍子，众生都在同庆迎春，而此刻马来西亚慈济人正在视频拜年，我要收神了。

2月10日　07：30

花莲不只是晨先开始，连春也早到。由台北刚抵静思精舍的慈济人，都说连日湿寒全被东岸的太阳晒干了，并连连喊热。我坐了两天的那一排茶座，满满是法亲，只得挪到向阳的一排，阳光照及之处已如初夏。一坐下，就有茶水点心奉上，再也找不到年味这么浓的所在。慈济人平时忙着无私助人，此刻难得共聚一堂同乐。

2月10日　11：32

大通铺的寮房每天安单的人不同，三宿所听到打鼾声也不一。春节期间，报纸专栏都暂停，我真可以休息了。明天回台北的火车票有着落了，是别人改行程让出的两张老人票，上车再补票便成。不过，这也提醒我就快到享受半票优待的65岁了。未来世界，将是老人为多数的社会，如何让末段生命也有价值，是人人需要思考的课题。

2月11日　06：46

三天来我还是在午斋后步行一小时。前天是在静思精舍后的佳民村高山族部落走了一圈，没带相机；昨天法亲开车带我们去海边，是个很少游客会去的地方，却有一座游客中心，因为后方就是游乐场。观光客都往那儿跑，门票就要900台币，可是这里一毛都不必花，却能看到宽阔的美景。好久没看到这么美的海洋了！

2月11日　14：52

今天走得可痛快了，午斋十一点三十分打板，吃完就开始走路。静思精舍位于新城乡，我竟一路走到秀林乡去了。这是精舍菜园靠后山的一条小路，还真不知道会通往何处。到处可见漂亮的树，这一株却特别吸引我。风吹时，它真的像是在起舞，是那种动作不大，以最少肢体语言表现的舞蹈，如同曾见过的柬埔寨宫女舞蹈。

2月11日　15：03

这亩树长得规规矩矩，仿佛是种稻那样种出来的。花莲山陡，近海，特殊地形使气候一天之内就会数变，早上可能晴空万里，中午云朵就徐徐从山后卷来。走路时被晒得满头大汗，可是一下子云层出现，太阳就不见了。昨天晚餐时分还下大雨呢！雨水足、阳光充分，空气质量更是全省之冠，难怪这儿的树长得特别好。

2月11日　15：15

91之10

昨晚外宿法亲家，醒来照例晨走。他家面对一片稻田及巍峨的中央山脉，整栋视野最好的二楼窗户正映着山景，却不是主人自住，而是客房。这就是慈济人，总爱把最好的跟人分享。邀他来关渡山居，他却老没空。来花莲，我不是安单于静思精舍便是这里。每次都睡得特别好，却从来没拍过它，趁晨走之便留个记录。

2月12日　17：17

这是慈济法亲家的对面，刚蓄满水的稻田休耕时曾种满各种花，但最美的还是此刻。天、云、山、舍倒影成双，月升或日落都有两个。台湾西海岸此刻阴雨连连，花莲却热得可穿夏衣，还没走几步就得脱外套了。地名是丰村，附近的路都没名字，家家户户的门牌就是丰村几号，仿佛意味着眼见所及都是同村，都是邻居。

2月12日　17：35

首次走上来丰川堤防，上面刻意用石头铺成健康步道，让人光脚走，按摩脚底。但空无一人的此刻呈现的只是图案的美感，以及我斜长的影子。一路走到底再折回，背光与向阳都让我觉得全身舒畅。晨走真是身心极大的享受，既是肢体运动又可让想象力奔驰，难怪梭罗在《瓦尔登湖》里借着自然告诉我们那么多人生道理。

2月12日　17：48

这只台湾土狗一路陪着我晨走，还老是在前面，似乎想带我去哪里。我照着自己的路线走，它一会儿见不到我就又回来。通常在漫走时，碰到的狗都会护着主人的家，向陌生人狂吠，可这只狗从头到尾没吭一声，倒像是认我当主人了。它一路跟我回到朋友的家门口，可是朋友的狗吠了一声，它便知道该走了。

2月12日　18：01

从静思精舍往火车站途中，这片云让我不得不停下来，将之留影。东海岸的云跟西海岸的截然不同，后者温驯，前者则是想怎么表态就哪样现形，随时在动，仿佛也有心情、有脾气，而且随时在告诉你些什么。此刻，不知它是在道别或是挽留。我们的班车是十二点五十分，回到台北刚好是下午茶时间。下次见啰，花莲的云。

2月12日　18：17

上午十点五十分的太鲁阁号火车南下，途经龟山岛，我的祖母、外祖母都生长在那儿，它就是我乡愁的源头。来到花莲七星潭的旅馆，发现窗外就是太平洋，之间没有任何阻隔。北京老友惊喜不已，说从未在这么近海之处过夜。我用家里带来的胶囊咖啡机煮了六杯咖啡，配轻软的奶酪蛋糕，风声涛声，好景好咖啡好朋友！

3月27日　17：12

尽管屋内已是海边，老友还是想冲到潮汐旁。一靠近，更让他们倾倒，因为这不是沙滩，而是一望无际、铺满宝石的海滩。大家忘了是要来亲海的，纷纷捡起石头来。捡石头这件事完全反映了各人的性情，欲念愈重的人口袋就愈重，不捡则已，一捡就收不了手，然后就开始计较哪个美、怎么取舍。拥有就是烦恼！

3月27日　17：27

和升会馆五层楼，一层门厅二层餐厅，三层以上才是套房，每层五间房，客满也没多少人。顶楼只住我们三家六人，如同私人宅第。落地气密窗隔音好，关上，宁静。打开，涛声随风扑面而来。这湿度、海味、永远等距的水平线，如童年、少年、壮年时所感，而我再两年，便可享有满65岁以上的老人半价车票优待了。

3月28日　07：48

天公不作美，未见日出，要不这次花东行可真圆满。坐床望海的感觉，醒也如梦；浪涛拍岸声被关在窗外，如默片电影一景。海和云同色，天际微现晨光，这是极简风格的绘画大师苦苦追求的意境。一小渔船驶在近处作业，五六位早起游客已散完心回房，这淡淡的色调和慢慢的节奏，正如安哲罗普洛斯的凝视。

3月29日　06：21

大景无言。直到站在太鲁阁峡谷前，我才明白了这四个字。找不到文字形容眼前的美，更拍不出那股磅礴壮丽之气。一路按了不少快门，最后挑了即将离去时，站在慈母桥上俯瞰的。整座石山被风被水雕刻了千万年才有今日的面貌，就是造物者的鬼斧神工也不一定能立即获得如此的效果，因为它需要来造就。

3月29日　08：00

太鲁阁国家公园景观随四季多变，沿途多断崖、峭壁，高山地带且保留了许多冰河时期的孑遗生物。游客今日能欣赏这些奇景，要感恩当年参与中横公路工程的一万多名退伍荣民。当时没有先进工程设备，主要工具就是十字镐与炸药，过程艰辛无比，因工程、天灾而殉难者212人，受伤者702人，平均每公里牺牲1人。

3月29日　08：26

早餐时分，云缝射下的金光照亮海面，我赶紧上楼拍下，再回餐厅光已不见。户外飘起细雨，还好备有简便雨衣。大家决定，最后一个上午还是要在海边度过。被疯狗浪追了几回，人人又情不自禁地捡起石头来。各有各的选择，有山水系列、银河系列，方寸之石见大千。内人的最单纯，说是帮分散的家人找到了彼此。

3月29日　11：28

昨天，一见晨曦便与内人出门，搭火车去花莲。大雨直到经过家乡头城才歇止，龟山岛上空浮着小云朵，煞是好看。沿途电线切割画面，无法躲避，只有利用它构图，强调几何感。慈济国际人医会15年来都是在中秋节开年会，今年还有骨髓捐赠20周年庆祝活动。夜宿黄师兄家，被蛙鸣催眠，被鸟啼叫醒，推窗便见绿。

9月19日　06：53

台风逼近，一夜大雨，醒来天空放晴，许是暴风雨前的宁静。黄师兄家门前是稻田，秧苗抽长，生命力正强，叶片翠绿欲滴，铺满了不知是雨滴或朝露。此刻已过正午，艳阳当头，慈济国际人医会年会圆满，来自21个国家的一千多位医护人员及台湾志工分别踏上归途。他们如大地的农夫，一步一脚印，培育善的种子。

9月20日　12：48

城市森林

一棵微小的种子落在坡坎乱石之间，却无法阻碍它努力长成一棵大树，枝干朝天空伸展，线条全是坚韧的生命力。

早餐后，还是到碧潭小走一番。周一，游客最少钓客最多，水鸟也飞得格外放肆，两两贴在潭面上追尾，或在吊桥上下穿梭，或在崖壁林梢争落爪的枝头，双双对对戏弄，让我看呆了。而一位钓客携女伴同乘摆渡，大家都在此岸插竿，唯独他俩深入对岸探幽。此景和我30年前在此地所见没有两样，时间何处去了?

11月12日　11：01

半月高悬，在云间映出时亮时暗的光晕。新店家中客厅外的小阳台，地面铺上榻榻米，窗沿架上大理石片后，就成了温馨的小空间。但自从儿子送了我一把椅子后，我便较长时间待在书房了。这里只适合摆木板凳，把物放对位置便是最出色的设计。物与物之间、人与人之间、人与物之间的关系，大概正是一切道理之源吧!

2月3日　03：47

新店溪岸的樱花、梅花比艳，天上、树梢、水岸众鸟争啼。鸟语肯定是能传情的，就是听不懂也觉得心旷神怡。站在一株树下看鸟啄花，看蜂采蜜，就连不善拍这类照片的我，也禁不住直按快门。一位偶尔打照面的晨练者，向我竖起大拇指："你走得可真快！"就在今晨，冬天已悄悄溜走，春天的脚步就在不远处了。

2月4日　09：19

又是起得特别早的一天，家事全做了，音乐也听了，咖啡喝了，肚子饿了，又冲了杯牛奶，在客厅阳台坐下，天刚刚要亮。狮仔头山后微微泛红，碧潭水面吹来的徐风清凉，群山渐渐现峦，面前两峰间又起氤氲，和美山后藏着顽云，而天，空白一片，等着鸟飞、人观，等着太阳升起。又是个好日子，日日是好日啊！

3月16日　05：55

河边晨走，经常会遇到鸟栖在步道灯上，可是一靠近便飞走，极少拍成功过。今天与内人同行，我跟她说，鸟聪明得很，我们先面对着河，不要看它，等我调好相机焦距、光圈，再转过身拍，这样也许会成功。我的随身小数码相机最望远是112mm，一对准，它果然立刻飞起来，完全不是我心中的构图，结果却出乎意料地好。

3月20日　08：46

新店天阔家的空气对流好极了，再热的天气，房内都会有碧潭水面的山风穿过。身凉心清，令我在外面晒昏了的头都醒了过来。没看到日落，但逐渐暗沉的天色在窗外依旧泛蓝，让餐桌上的圆灯仿如与明月相映。事实上，这只是窗影。有时，自然与人为之物也能相互美妙唱和。人与环境的共处，最高境界不也是如此？

4月30日　18：43

摔伤近半个月，昨天恢复晨走，新店溪畔百花迎春，虫鸟灵动，不擅拍此类照片的我也忍不住取景一二。倒是天气不稳，一会儿艳阳高照，一会儿倾盆大雨，花儿们不知是否安好。今天要到三峡继续搬仓库，应该是最后一趟了，一天苦力抵得上好几天的运动量。儿子今天休假同行，所以也是合家欢的日子。出门啰！

5月7日　06：18

今天方知新店的蛙鸣声不比关渡小，闹市里竟有田园音籁，实乃大幸。这是小区正下方的瑠公圳整治成功的缘故，原来的臭水沟，现是种满水草的小溪栈道。可惜很少人会去散心，因为树还没长高，无荫乘凉，且才整顿好两百米，未成氛围。虽然如此，这一条绿带就在脚下，只要我在客厅阳台闭上眼，便有如入山。

5月25日　03：36

在晒衣间收被单，一抬头，只见明月由狮仔头山升起，赶紧拍张照片。最近气候忽冷忽热，被子换来换去，昨夜闷得难睡，两点多便醒来，内人也罕见地三点就起床。打开电视，一起看了半部跟达·芬奇有关的美国影集。编剧异想天开，将政治、经济、艺术、爱情、科学、侦探融于文艺复兴时期的佛罗伦萨，真是服了！

5月25日　20：39

自从新店河畔整治好，晨练就少上狮仔头山了。今晨内人心血来潮，提议来这儿走走，刚到入山口，就碰到一位手拿锄头、药草的妇人，脸庞特别有光彩，听我夸她身体好，笑着把斗笠一摘，竟是满头银发。登山的比在河边散步的更开朗，还有人每天主动扫落叶，让大家既舒适又安全。他们不但健身，也健心。真好。

6月3日　08：51

狮仔头山有三尖、三座小歇亭，不同高度有不同视野。第一尖的亭外观景台刚好面对我家小区“天阔”，山友特别喜欢在这儿打坐、练功。要离开时，一位先生见我拿着相机，热心指着旁边小路：“那儿有朵扶桑花，是早晨刚开的，好漂亮！”走近一看，果然，而且附近都是草丛、绿叶，只有它艳红欲滴，独娇一方。

6月3日　09：03

暴雨使屋外一片白茫，雷声随闪电划过，轰轰直落，不知何处又会遭殃了。在台湾，台风并不可怕，但每次豪雨多酿成大灾。这是因为山林过度开发，又没有做好水土保护，泥石流把河床都填高了，每逢大雨便出事。碧潭消失在雨幕中，马路积水了，急救车的响笛在雷声中依旧可闻，而心中的祈祷，上天可知?

6月23日　15：05

大清早站在阳台看山望水，山风迎面袭来，身上汗衫扇动，身旁盆栽摇摆如舞，天气再热，有风便凉。遥望碧潭吊桥与对面的和美山，当下决定改变今天晨走路线，爬山去！夏天在溪畔走路，不如攀爬登山步道，不会顶着太阳，走着走着就头皮发烫。好久没来，处处觉得新鲜，尤其是每个角落的光影变化，百看不厌。

7月3日　09：06

登上和美山顶，环视周遭，台北盆地就在脚下，最远可看到观音山。放暑假了，没按惯例去关渡山居，有点想念。下山路径分歧，上下绕了几回才走对。途中遇一蜗牛，看来也想下山，在台阶上试了几次，决定不冒险，掉头蠕蠕而去。也好，山林间多自在，走到大马路，一不小心就会被辗到。看它个头，可能年纪不小。

7月3日　09：41

和美山的诸多步道，以近碧潭边的林间小径最美。潭面清澈、水光荡漾，将树影衬得有如一幅画。昨晚临睡前我在潭边走了一趟，租船生意已快打烊，就等着那艘迟迟还不靠岸的。平常此时，潭面早已寂静，这几位好友却还舍不得分手，仍想延续那份谈心之欢。岸边灯火映在水面，因他们的踏桨而起涟漪，闪闪生光。

7月3日　10：15

狮仔头山有凉亭数座，爱唱歌的山友聚在天籁亭，退伍老兵则爱在慈晖亭下棋。最高的那座叫青年亭，大概是所有能登至第三峰的，无论老少，都算青年啦！山中步道原来十分简陋，是山友们自己捡石块、废木铺的。后来政府斥资整修，爱来的人就愈来愈多了。登山口距地铁站只有几分钟路程，却给人遁入深山之感。

7月4日　09：57

狮仔头山步道旁，少有人坐的椅子笼罩在光影之中，粗犷又美丽。椅上有片落叶，近看才知道有一只螳螂挨着。我换了几个角度，前前后后拍了好几张，它动也不动，还以为它像那干卷的叶子一样，已失去了生命。以指轻触，竟然是活的！爱拍自然的人，不一定要把焦点全放在宽景，小处灵动的生命也能提供影像深度。

7月4日　10：28

新店溪畔晨走，久无照片可拍。天热，鸟也不爱飞。光线太亮，景色失层次，人睁不开眼，个个显得无神。倒是狮仔头山的人们精神依旧爽朗，擦身而过，必定互道早安。晨曦透过树缝洒下，映在岩壁、山路上，斑驳有致。有些大石块被人刻出正圆形，如同蒲团，想要冥思的人可趺坐其上。可惜从没遇见过那些居士。

8月10日　08：21

不到六点，碧潭吊桥已人来人往，潭面有人操练龙舟，显然志在明年夺魁。从碧亭后方上和美山，走到湾潭渡口，再长驱直入村内就是世外桃源。看门牌，总共不到五十户，但一半以上农舍已无人居住。居民大半为笋农，也种橘子柚子桂圆。路的尽头是直潭，岸边有排别墅，住得真是隐蔽。内人说，今日晨走像郊游。

8月10日　09：44

从山上回到家中，那份好心情让人看到什么都觉得有灵气。客厅阳台角落的光影，使榻榻米上的石头有如迷你枯山水。大的是从新店溪畔捡回来的半块破石，小的是各处游玩时带回家的。这两天都在赶《正方形的乡愁》稿子，《南方都市报》虽已结栏，但有些照片的故事还没来得及讲，一一写完之后，就可以结集出书了。

8月14日　10：38

从湾潭渡口到路的尽头，短短1300米，除了竹林果园菜园，还有一大两小三间庙。野花处处，半山腰立着一座三层楼高的观世音菩萨。此座白色塑像从我家厨房也可看到，今天距离近，让内人特别欢喜，合十面朝菩萨念了一遍心经。来到渡口，船在岸边，船夫却不见踪影，喊了几分钟，才看到他在旁边民宅里刷牙。

8月14日　11：19

四点多起床，喝喝咖啡，扫扫地，收收衣服，天才亮。花园新城隐在云后，30年前老友在那儿有间度假小屋，从阳台可远眺台北盆地的万家灯火。此景让我忆及，老友常津津乐道在阳明山念大学时偶有厚云飘进教室，他和死党就在一片白茫茫之中开溜。每次等云走了，教室里都会少几个学生。如今老友已在天堂了。

8月15日　09：12

狮仔头山尽管登过无数回，但带着去发现什么的心情，就必能遇着新的风景。心有所想，就像箭有标的，即使射不中也不远矣。这就是摄影之眼。上山前已想好，不拍大景，专从小处着眼。有此念头，就不会太在意前后景深，专注于细部之美、微观之妙。岩壁、台阶、石块、苔藓的光影变化都告诉我，小角落之间也有大宇宙。

9月10日　09：40

昨日狮仔头山有两景触动了我。虫咬过的枯叶，离枝后安静地躺在台阶上，风一吹就会不见，人一踩就会碎。树缝洒下的阳光照亮了它，让我一眼瞧见，立刻用相机留住它。来到空无一人的明德亭，桌上搁了顶草帽，用拐杖钩着，怕被吹走。拐杖的质地、雕工及手汗浸润的光泽告诉我，主人定是位可爱的长者。

9月11日　09：57

和美山在碧潭左岸，登山步道在亭子后方。青山既不高也不大，一草一木却充满活力。路线曲折上下，景色变化多端，浓密的树荫在日照之下映出各种图案，浓淡深浅不一的绿色，仿佛要从叶尖流淌下来。一颗微小的种子落在坡坎乱石之间，却无法阻碍它努力长成一棵大树，枝干朝天空伸展，线条全是坚韧的生命力。

9月12日　10：07

与内人上狮仔头山，步调较慢，心情也不同。秋至，山上落叶变多，可天天都有志愿者来扫。叶片化入泥土，滋养地衣小草、花卉大树。各种植物与岩石相依相偎，让山体坚固、空气清新、水分含藏。自然之美，美在共生共存，唯亲山之人能够体会。见一小花，内人问，如何拍出它的极小？我说，就用你的手对照吧！

9月14日　09：58

我首次在狮仔头山的慈晖亭停留，因见到一只松鼠在吃谷粒。我远远按了一下快门，想靠近，它立刻溜。在亭内歇息的胖登山客说：“你退两步，它又会来了！”“你怎么知道？”“这一带很多松鼠，我们天天来喂，有时它们吃饱了，还会把腮帮子塞得鼓鼓的，带回去喂小松鼠。”结果，这老饕的吃相还是被我拍到了。

9月15日　08：30

狮仔头山有好几条步道，今日入山出山刻意挑人最少的走。不知何人在石壁上刻了个大大的“早”，年代久远，刻字之人说不定早已离开人间，但他的问候仍日日印在登山者的眼帘、心坎中。登山向阳，光线灿烂，下山向阴，草木格外润绿。步道有木头、石头铺的，也有水泥糊的，怕滑还划成豆腐块。爬完山，心情多好！

9月16日　09：36

关渡观心

鸡又鸣了，山路有车灯划过，早起或晚归者，在日与夜的边境进出。有些人想逃离之所，正是另一些人的梦乡。

四点整鸡鸣了一次，狗吠了两声，以为一天便要开始，然，又回归寂静。热了杯牛奶坐在窗前木椅上默想，呼吸不知不觉和着钟摆。鸡又鸣了，山路有车灯划过，早起或晚归者，在日与夜的边境进出。有些人想逃离之所，正是另一些人的梦乡。观音山现形了，神正在宇宙的暗房里冲放照片，一幕幕影像被显影、定影。

11月3日　05：50

平视窗外惯了，只见山水，抬头一望，三颗星星在苍穹远处微微放光。最亮的，不知是不是北斗？小时候经常数星星，数着数着就忘了数目。如今，都市的街灯夺目，霓虹闪烁，人们早就忘了天上还有星星，田野还有萤火。也许，某一天真的没了。天渐明，星渐退，鸡鸣声很弱，该不是同一只吧，那只是不是被吃了？

11月9日　05：54

月亮破云而出，随即不见，露脸不超过一分钟，就在我举头之际打了照面。如此之巧，仿佛特意示现。路面是湿的，但不见雨，甘霖吧！一切都是吉兆，又是好日。闹钟没响，但我还是依时醒来，生理时间已比那台仿古时计准确了。人会老、机械会衰，时间来去不见，却令万物有成住坏空。月亮又现眼前久久，且是满月。

11月28日　04：51

说是久久，却是五分钟不到。然而，与满月相望之际如同时空凝住。有回，记者提问：“何谓永恒？”证严法师答：“当下即是永恒。”今晨昂首的那一刻，便有此感。下山没走校园小径，而是由树梅坑下竹园，沿淡水河畔到慈济园区，这一快走，花了一个多钟头，迟了早斋。天没雨，而我此刻还在出汗，如同淋湿。

11月28日　06：40

两点就醒来了，屋里唯一出声的是那只停摆的挂钟，电池没电了，但利用磁铁同极互斥原理晃个不停的钟摆，还在规律地左右来回摆动。它仍在计算时间，只是少了记录。没经测量的时间、空间，到底是无还是有？天上可见的星星虽寥寥几颗，但浩瀚无际的宇宙却有无以计数的星河，光速是终极的单位吗？我仍在梦中吗？

12月21日　03：40

漫步两小时回来，天方初亮，万里无云，是个大好日子。在便利商店买了茶叶蛋、烤地瓜，加上冰箱冻库的法国大圆面包、现煮豆浆，多丰盛的早餐啊，唯一可惜的是，奶油只够涂半片面包，而且是薄薄一层。该补货了。报纸头版是有关世界末日全球疯的蠢事，怎么有人会凑这种热闹？多注意身边的好人、好事物吧！

12月21日　07：26

晚斋后在绵雨中打伞上山，雾气渐浓。回到关渡山居，窗外一片漆黑，连社区路灯也不见了，要是日间，便是白茫茫一片。在白与黑中，物之形体难分，两者皆无色，却能吞没诸色，这便是空吧！随证严法师行脚才两天，却听到太多慈济志工无所求付出的事迹。师父曾言：当一个人付出到一无所有时，他便拥有一切。

1月1日　19：44

能见度极佳，观音山轮廓已现，平常这时分是看不清的。睡得好醒得早，两点睁开眼，三点才下床，那一小时究竟神游何方？不知不觉就换了时辰。生命似乎也是如此，令人不察地消逝。天增岁月人增寿；事实上，人人的生命又减了一年。证严法师曾言：生命的长度谁也没办法掌握，但生命的宽度及厚度操之在自己。

1月2日　03：51

我是从戒烟开始才改变作息的，为了怕熬夜会破戒，强迫自己早睡早起，并且天天晨泳，终于摆脱三十多年的烟瘾控制，并养成运动习惯。我为了游泳而搬家，因买新房才放弃七年的晨泳，改成河滨快走，加上从2000年开始茹素，我的身心才调整成现在的状态。所以说，博友们，改变作息与息气甚至是命运都有可能！

1月5日　19：29

有博友直言，我应多谈摄影与精神，不宜铺述物质。我的思想来自对生活的体悟多于书本的知识；我努力落实于用物惜物爱物敬物的体现，而非拥有物的多与少。物有功能，善用者使之转为良能，误用者使之成为凶器，害人又伤己。知识、精神也一样，能救人也能毁人。光追求精神的人，若生活态度不对，也是弱智。

1月31日　05：41

什么是对的生活态度？人人都认为自己是对的，那是谁错了？为何有那么多的不如意，甚至是遗憾的事？若只顾自己高兴、只为私利，而不思及别人的感受及立场，那所做的任何事，都可能犯下或大或小的错误！所以，为别人着想比光想到自己正确；做利人之事就比利己要对。人都想得到快乐，但付出才会真喜悦。

1月31日　07：20

就在前一刻，阳光忽然闯入，在墙面画出树形，于地板上射出木椅倒影，仿佛是在唤我注意它的存在。我抬头望外，太阳立刻躲了起来，半边天都是云，刚才分明是故意露脸的；观音山上透空，落日必定再现身。好一阵子没在关渡山居看山望海了，远方的台北港，有渡轮直航厦门，名叫“家园”号，哪天坐一趟吧！

2月1日　16：34

山的脊线刚从夜空浮现，天将明，地将醒，人将忙。停了几天的晨走，让膝盖休息，下周应可恢复在夜与晨的交更处踩步。方才被海顿的钢琴独奏曲给招魂了，再回神，天已全开，山水由深化浅，就等太阳出来为之施彩添色。昨晚，几位北京朋友来访，大家都对台北的空气质量赞不绝口。在关渡山居，推窗就闻花香。

2月2日　06：38

任何事过度便会变质，哪怕是好事。我曾一度溺于音乐中而懈怠工作，这就是病了。喜欢一件事，就应该借这件事使自己激发更大的潜能，而非削弱原有的质量。所以说：一个人整天听音乐啥事也不干，那既糟蹋音乐也浪费生命，若因音乐而做好事，创作好作品，则是在赞颂神明。艺术的良能便是在于提升生命价值。

2月15日　10：15

今天酷热，在关渡山居开空调去暑，日落的光影变化，真实又虚幻。突然忆起往生多年的母亲。年少时，每当我对自己的好运发出幸慰之语时，她都会这么说：“好事不要嚷嚷，免得老天收回。”美好的时刻总会令我想起往事，于是，甜蜜之中渗出苦涩。我也到了被唤爷爷的年纪，更明白当年父母的操心之情，感激。

5月28日　17：38

无风，一早便觉闷。坐着也微微出汗。入夏，一年比一年难熬。检视昨天所拍的落日霞彩、屋内光影，都是拍过的画面。但每一次遇上，总如初见。正如比尔·布兰德所言：“摄影家要具有婴儿，或初入未知国境的旅行者那样的眼光。”看不一定能见，印在心版上的视觉，才会留下记忆；没有回忆，有如不曾发生。

5月29日　05：53

台北艺术大学视野绝佳，可望尽台北盆地，夜景尤其美，有月更是难得。这两张照片，前者是繁华都会，后者有如深山荒野，拍摄地点却仅相距数步，只是角度不同。这就是摄影的妙处。从何处看？要表现什么？有想法，画面就不会只有外在的美，还能有内容。数码相机发明后，拍摄夜景容易多了。

7月23日　06：51

昨晚月亮在屋后，月光照床；今晨起身，月亮已在屋前。我喝着咖啡，与之对望，观音山从黑暗中渐渐浮现，天也开了。晨曦初放，月亮映着日光有如太阳。这两张照片的拍摄时间相隔不久，气氛却截然不同。在不同时分按快门，同一个景物会有不同表情。若是拍人物，不同瞬间便能赋予不同的意义。

7月23日　07：11

喝完咖啡，夕阳已经隐身云后了。我把小数码相机搁在餐桌上，才从屏幕上发现这个角度真是太美了！桌面变成了一个大池塘，映着天色，窗旁的木刻立鸟也像真的一样。本以为关渡山居的每个角落都拍过了，没想到今天又有新感受。

8月11日　13：24

关渡山居安静，空气又好，睡得特别香甜，六点不到便与内人出门晨走。此地古名树梅坑，但如今已难见梅子，无人打理的柚子园，却是果实熟透落满地。光线剔透，连我们老两口的身影都充满青春气息，路边的树、石就更不用提了。沿途遇到几位晨运老人，彼此打招呼时，从表情就可看出，人人都自觉比对方年轻。

8月25日　09：03

绕过山头下竹围，在小区逛逛，内人于刚摆出的小摊上买了豆芽菜、洋葱、木耳，准备中午炒米粉。早餐在路边小店点了平日少吃的酱菜配地瓜粥，饱足后漫步上山。改走另一条比较陡的捷径回家，见菜园中有堀荷花池，虽然小小的，可无论是盛开的，瓣落现莲蓬的，刚浮出水面的，还是还含苞的，无一不美得让人心折。

8月25日　09：31

内人润稿，我在扫地，扫着扫着，看到观音山头那朵云一直在变，赶紧拿起相机，每隔十分钟就拍一张。起先像牛角面包，再来像馒头，接着就散成小朵。本以为就此消失，没想到它又把别处的水汽吸来，身躯越来越膨胀。这六张照片正好是一个钟头，就不拍了。关渡山居的景色随着时辰气候老在变，怎么看都不腻。

8月25日　12：09

由墨黑中渐渐透现的天色，深邃而神秘，无以名之的颜色令人词穷，教人敬畏。昨晚地震时，我独自在关渡山居，衣橱拉门的滑动，显示出房屋摇晃的剧烈，幸运的是，只有一本立放摆饰的《十竹斋笺谱》由架上掉落而已。鸡不鸣、狗不吠、鸟不啼，只闻雨丝若有若无落在窗上。天亮云现，山见苍劲，树止无风，静寂清澄。

11月1日　06：09

昨天在关渡山居晨起扫地，才发现面山窗台上的五只木雕水鸟，最高的被地震震落，冠羽砸坏了。这是内人选购的，得想法修好。下午在北艺大上五堂课，告诉学生代课老师来不了，我会陪他们到学期末。回到新店家中匆匆淋浴，上床已过九点。累极反而睡不稳，醒来晨曦嫣红，虽只是几分钟的凝视，元气增加了不少。

11月2日　07：40

独自一人，我总是徒步上下山，与内人同行，便是搭车。40分钟的漫步压缩成几分钟的车程，闲情变成紧张。梭罗曾说“多余的财富只能用来买多余的东西”，而多余的时间呢？这一想，倒是让我忆起前日下山的经验，山林每片叶子都静止不动，唯路灯映在地面的枝影微乎其微地移位，原来，这是时间的脚步。

11月12日　06：31

图书在版编目（CIP）数据

阮义忠的微博生活. 2，一步一天地 / 阮义忠著. —北京：九州出版社，2014. 8

ISBN 978-7-5108-3234-5

Ⅰ. ①阮… Ⅱ. ①阮… Ⅲ. ①随笔－作品集－中国－当代 Ⅳ. ①I267. 1

中国版本图书馆CIP数据核字（2014）第206485号

阮义忠的微博生活. 2，一步一天地

作　　者	阮义忠　著
出版发行	九州出版社
出 版 人	黄宪华
地　　址	北京市西城区阜外大街甲35号（100037）
发行电话	(010)68992190/3/5/6
网　　址	www.jiuzhoupress.com
电子信箱	jiuzhou@jiuzhoupress.com
印　　刷	小森印刷（北京）有限公司
开　　本	880毫米×1230毫米　32开
印　　张	7. 25
字　　数	155千字
版　　次	2014年10月第1版
印　　次	2014年10月第1次印刷
书　　号	ISBN 978-7-5108-3234-5
定　　价	36. 80元

《人与土地》(增补本) 阮义忠　著

《人与土地》是“中国摄影教父”阮义忠最为著名的摄影系列，拍摄于1974—1986年，展现其时台湾乡村正在逐渐消逝的人情与风景，曾在国内外诸多美术馆展出并被收藏。增补本收录了全部86幅照片，每幅配以简净文字，讲述照片背后动人的真实。在人与土地的联结已变得冰冷而遥远的今天，幸有阮义忠捕捉到的一个又一个瞬间，留给我们可供寄托的不变。

《正方形的乡愁》 阮义忠　著

《正方形的乡愁》是摄影家阮义忠又一再现20世纪70—90年代真实台湾的经典摄影。在不断变化的时代，阮义忠着意寻找不变的价值，跋涉于旧日的乡土、温淡的老镇，记录下遇见的每一张纯朴面孔。80张照片及其背后文字，投递给我们那些已散落无踪的乡愁：成年对童真的乡愁，游子对家园的乡愁，车水马龙的都市对田野农耕的乡愁。

《初心》 江振诚　著

在2014年亚洲五十佳餐厅榜单上，本书作者的Restaurant　Andre排名第六，被《纽约时报》誉为“最值得专程搭机前往的餐厅”。在《初心》这本书里，除了能读到关于厨艺的精湛论述外，更可以从“初心”中得到如何在世界舞台崭露头角的重要法门。

《我就是忍不住笑了》 侯文咏　著

本书是侯文咏在facebook网站粉丝专页中的文章精选集，随手拈来的人与事，写成一则则短小俏皮、趣味横生的故事。蔡康永和粉丝妹妹的对答，为什么言承旭打针都是打屁股，家里的小孩子和大人之间互相沟通不了的“蚌壳话”，好朋友Mr.K的爱情难题……种种人生的感动、喜悦、尴尬、领悟，“侯式”幽默里总有你意想不到的温暖与治愈，让你会心一笑的同时，留有更多的余味。

铁葫芦

铁肩担道义　葫芦藏好书